D1746991

STRUHAR • FARBEN DER ZUKUNFT

STANISLAV STRUHAR

Farben der Zukunft

Erzählungen

Mit einem Nachwort
von Ralf Rother

Wieser *Verlag*

Die Arbeit an diesen Erzählungen wurde durch ein Werkstipendium
des Bundeskanzleramtes der Republik Österreich,
Sektion II »Kunst und Kultur«, unterstützt.
Die Herausgabe des Buches erfolgte mit freundlicher
Unterstützung durch die Stadt Wien.

Bundeskanzleramt WIEN KULTUR

Wieser Verlag GmbH

A-9020 Klagenfurt/Celovec, 8.-Mai-Straße 12
Tel. + 43(0)463 370 36, Fax. + 43(0)463 376 35
office@wieser-verlag.com
www.wieser-verlag.com

Copyright © 2021 bei Wieser Verlag GmbH,
Klagenfurt/Celovec
Alle Rechte vorbehalten
Lektorat: Josef G. Pichler
ISBN 978-3-99029-448-2

Inhalt

Die Reinheit der Farben *7*

All die schönen Farben *48*

Die Stille des alten Schattens *79*

Nachwort *137*

Die Reinheit der Farben

1

Die Einkaufsstraße lag im Licht des warmen Himmels, sanft glänzte das Laub der Bäume im Regen der Sonnenstrahlen, und im Gastgarten stand kein Tisch mehr frei. Freundlich bediente Arno das junge Paar, das am letzten Tisch saß, als er plötzlich sah, wie Ayana, seine Kollegin, den Gastgarten betrat. Ihr weißes Sommerkleid leuchtete geradezu an ihrer Haut, an ihrer sehr dunklen, fast schwarzen und wunderbar glatten Haut, und ihr schwarzes Haar, das hinter ihren Ohren steckte, fiel scheinbar gewichtslos auf ihre Schultern. Seltsam verspielt strahlten ihre silbernen Ohrringe im Schein der Sonne, und ihre Augen, groß und dunkel, funkelten in einem kleinen Lächeln. Auch er lächelte, und sie hob ihre Hand, winkte ihm leicht zu, ehe sie ins Café trat, doch dauerte es nicht lange, und er sah sie wieder, sah, wie sie auf ihn zukam, sah, dass sie nicht mehr lächelte. Sie gehe nach Hause, teilte sie ihm mit, als sie vor ihm stehen blieb, und er sah, wie sie seinem Blick auswich, unruhig ihren Kopf bewegte. Was passiert sei, wieso sie nach Hause gehe, fragte er, fragte leise und überrascht, und sie antwortete, sie werde nicht mehr kommen, sei gerade gekündigt worden. Weil sie zu spät gekommen sei? Ja, erwiderte sie und sagte, sie werde ihm das Buch, das er ihr geliehen habe, selbstverständlich zurückgeben, so bald wie möglich werde sie ihm das Buch zurückbringen. Aber nicht hier, hier ins Café wolle sie nicht kommen, zu unangenehm wäre es ihr, fügte sie hinzu und gab ihm ihre Handynummer, verließ den Gastgarten, und er ging ins Café, fragte, warum Ayana gekündigt worden sei.

»Sie ist ja schon in den ersten zwei Wochen zwei Mal zu spät gekommen«, antwortete Roland, sein Kollege, und lächelnd sah er zu seinem Freund, der am nächsten Tisch saß. Ob sie gesagt habe, warum sie zu spät gekommen sei, fragte Arno, und rasch blickte er zu Irmgard, die an der Theke stand und Gläser polierte. Nein, antwortete Irmgard und senkte den Blick, und er wandte sich von ihr ab, sah wieder Roland an. Er habe es geahnt, dass sie nicht lange bleibe, sagte Roland, und sein Freund fragte, wo genau sie herkomme, wie lange sie schon in Österreich lebe. Sie sei Äthiopierin, lebe aber schon lange in Wien, antwortete Roland, und sein Freund sagte, die Afrikaner hätten eine andere Mentalität, eine andere Arbeitsmoral, nie würden die sich hier integrieren. Sie habe doch einen deutschen Nachnamen, sagte Irmgard, und Rolands Freund sah alle an, fragte überrascht, ob sie etwa mit einem Österreicher zusammenlebe, ob sie verheiratet sei. Das wisse keiner hier, antwortete Roland, und Christopher, der Inhaber des Cafés, kam aus dem Büro. Das Gesicht ernst, trat Christopher an Arno heran, und mit unruhiger Stimme fragte er, ob er morgen und übermorgen Zeit hätte, ob er kommen könne. Ja, antwortete Arno, und Christopher sagte, nächste Woche würden sie eine neue Kollegin bekommen, eine erfahrene und nette Kollegin, und da könne er frei haben, könne sich gleich freie Tage nehmen. Danach ging er wieder ins Büro, und Arno drehte sich um, kehrte in den Gastgarten zurück.

Sanft öffnete der Stadtpark sich seinen Augen, und er verlangsamte seine Schritte, den Blick auf Blumen, die, in wohltuende Wärme der Sonne getaucht, ihre Farben zur Schau stellten. Menschen saßen auf den Bänken oder auf dem Rasen, und Vogelgesang drang in ihre Stimmen, Wildenten belebten den kühlen Glanz des Teiches. Er ging zum Donauweibchenbrunnen, und kaum hatte er auf einer Bank Platz genommen, sah er schon Ayana, die auf ihn zukam. Sie lächelte, fing an zu laufen, und als sie sich zu ihm setzte, nahm sie das Buch aus ihrer Handtasche, strich darüber. Es habe ihr sehr gefallen, schon lange habe sie keinen Roman gelesen, der so wunderbar geschrieben und erzählt sei, sagte sie und gab ihm das Buch, blickte zu dem Brunnen. Wie man so etwas tun könne, presste sie zwischen den Lippen hervor, und ihre Augen wanderten über den Brunnen, der hässlich beschmiert war. Man werde die Schmiererei bestimmt entfernen, sagte Arno, und sie wandte sich ihm wieder zu, sah ihn mit festem Blick an.

»Du hast gesagt, dass wir einen Kaffee trinken gehen«, sagte sie, und er öffnete seine Tasche, nahm eine Thermosflasche heraus. Auch die Decke zeigte er ihr, die schöne und weiche Wolldecke, die in seiner Tasche steckte, anschließend führte er sie zu einem Baum, der nah am Teich stand. Er legte die Decke auf den Rasen, und sie stieg aus ihren Schuhen, setzte sich und zog ihr Kleid zurecht, bedeckte wieder ihre Beine, dann fuhr sie mit der Hand über die Decke, fragte, ob sie neu sei. Nein, neu sei sie nicht, er habe sie nur noch nie mit nach draußen genommen, antwortete er und setzte sich, schenkte vorsichtig den Kaffee in zwei Becher. Milch oder Zucker? Beides, antwortete sie, und er griff abermals in die Tasche. Sie kicherte, und er sah, wie sie einen kleinen Buben beobachtete, der auf eine Schar Tauben zulief. Die Tauben flogen auf, ihr heftiges Flügelschlagen versetzte die Luft in Bewegung, und all die Menschen, die am Teich saßen, hoben ihre Köpfe, blickten zum Himmel. Eine junge Frau kam zu dem Buben gelaufen, und aufgeregt fasste sie ihn an der Hand, schimpfte. Ob er als Kind auch manchmal Tauben verscheucht habe? Manchmal schon, ja, das müsse er gestehen, antwortete er, und sie sagte, der Kleine schaue ihm ähnlich. Die blonden Haare, die blauen Augen, setzte sie hinzu, und er fragte, ob sie etwa nie Tauben verscheucht habe, ob sie stets ein braves Mädchen gewesen sei. Sie sei zu Hause dazu angehalten worden, alle Tiere zu lieben, erwiderte sie lediglich, und rasch sah sie zu einem jungen Paar mit Kinderwagen, das ans Ufer des Teiches kam, langsam stehen blieb. Der Mann nahm ein Kind aus dem Kinderwagen, ein kleines und zartes Mädchen, setzte es auf der Erde ab und strich ihm über den Kopf, und die Frau, die rothaarig war wie die Kleine, ließ sich in die Hocke nieder, tauchte ihre Hand in das himmelfarbene Wasser des Teiches. Ob er noch bei seinen Eltern wohne, fragte Ayana unvermittelt, und er verneinte, sagte dann, er habe seine eigene Wohnung. Ob er Geschwister habe, fragte sie weiter, und er schüttelte den Kopf, antwortete halblaut, er habe keine Geschwister.

»Und deine Eltern?«, fragte sie. »Leben sie auch in Wien?«

»Ja, aber ich habe sie schon lange nicht gesehen.«

»Wieso?«

»Weil wir uns nicht verstehen«, antwortete er und sah, wie die Frau sich dem Mädchen zuneigte, wie sie lächelte, ihm etwas ins Ohr wisperte. »Und du? Wohnst du noch zu Hause?«

»Ja, ich wohne bei meiner Mama«, antwortete Ayana, und er sah, wie der Mann vor der Kleinen in die Hocke ging, ihre Hand nahm.

»Und dein Vater?«, fragte Arno rasch.

»Er ist gestorben.«

»Das tut mir leid. Wann ist er denn gestorben?«

»Es ist schon vierzehn Jahre her. Ich war damals erst elf, aber manchmal scheint es mir, als wäre es vor wenigen Monaten passiert.«

»Deine Mutter blieb die ganze Zeit allein?«

»Nein, sie hat mich. Wir sind die besten Freundinnen.«

»Das hört man nicht oft«, sagte er und sah, wie das Paar mit dem Mädchen die Wildenten fütterte, große und kleine Enten, die zu ihnen geschwommen waren. Auch Ayana blickte zu ihnen, und lächelnd wies sie auf eine Möwe, die sich zu den Enten gesellte, zusammen mit ihnen schwamm. Das Füttern habe auch die Aufmerksamkeit der kleinen Fische erweckt, und das wisse die Möwe, sagte Ayana, und er sah, wie das Mädchen die Möwe mit Wasser bespritzte. Ob sie ein Tier zu Hause habe, fragte er, und sie verneinte, sagte, sie wolle kein Tier haben.

»Wieso nicht?«

»Mein Vater hat mir mal eine Katze nach Hause gebracht, die war ganz schwarz und so zart. Wenn ich zu Hause war, war sie permanent bei mir und schlief sogar in meinem Bett. Nachdem mein Vater gestorben war, starb auch sie. Es war an einem heißen Tag, an einem Tag wie heute, ich habe damals bemerkt, dass mit ihr etwas nicht gestimmt hat, aber ich dachte, ihr war nur zu heiß, und dann brach sie zusammen. Als meine Mama von der Arbeit nach Hause kam, haben wir sie in der Nähe unseres Hauses begraben. Ich habe so geweint. Seitdem will ich kein Tier mehr haben.«

»Vielleicht wirst du dir mal wieder ein Tier wünschen«, sagte er, und sie trank ihren Kaffee aus.

»Was ist das für ein Kaffee? Der schmeckt so gut.«

»Kaffee Irish Cream«, antwortete er und schenkte ihr nach. »Ich kenne ein Geschäft, wo es ganz viele Kaffeesorten gibt. Ich zeig' es dir, wenn du mal Zeit und Lust hast.«

»In den nächsten Tagen werde ich bestimmt Zeit haben, ich meine, bis ich einen Job gefunden habe.«

»Es tut mir leid, dass es bei uns im Café nicht geklappt hat.«

»Das ist doch unser Nachbar«, sagte sie und wies auf einen alten Mann, der auf einer Bank saß, offenbar schlief. »Der arme Dieter, der ist schon schwach. Und so einsam.«

»Lebt er schon lange allein?«

»Ich war noch klein, als seine Frau gestorben ist, und seitdem lebt er allein. Er hat eine kleine Buchhandlung gehabt, gleich in der Nähe unseres Hauses. Ich habe immer noch die Kinderbücher, die er mir geschenkt hat. Ich war so gern in seiner Buchhandlung. Auch bei ihm zu Hause war ich gern, er hat ganz viele Bücher.«

»Er muss sehr belesen sein.«

»Er konnte zu jedem Buch etwas sagen, und wenn ein Buch ihm besonders gefallen hat, dann hat er darüber so schön erzählt. Meistens bin ich gleich nach dem Unterricht in seine Buchhandlung gegangen, und wenn er nicht gerade mit seinen Kunden sprach, zeigte er mir neue Kinderbücher oder las mir kurz vor, und manchmal hat er mir sogar ein Buch geschenkt. Es hat Nachmittage gegeben, an denen ich dort meine Hausaufgaben gemacht habe. Die Buchhandlung gibt es nicht mehr, aber ich werde sie nie vergessen.«

»Hast du damals viele Lieblingsbücher gehabt?«, fragte er, und sie bejahte, erzählte über die Bücher.

Schon waren die meisten der Tische besetzt, und immer wieder ertönten fremde Sprachen. Junge Touristen, Männer und Frauen, überwogen unter den Gästen. Noch war die Straße ruhig, die Sonne lauwarm, und reglos lagen die Schatten vor den Häusern, still stand jeder Baum. So viele Touristen gebe es hier, sagte die alte Frau, die im Haus gegenüber wohnte, ehe sie Platz nahm, und er fragte, was er ihr bringen solle, ob sie wieder eine Melange trinke. Als er dann die Melange auf ihren Tisch stellte, fragte er, ob sie ein schönes Wochenende gehabt habe, fragte, was sie denn gemacht habe, und sie antwortete, sie sei nur ein Mal draußen gewesen, habe kurz in den Volksgarten geschaut. Doch habe es so viele Menschen im Volksgarten gegeben, keinen ruhigen Platz habe sie gefunden, und die Frauen, die jungen Frauen, halb nackt seien sie auf dem Rasen gelegen, fügte sie hinzu, und er sagte lächelnd, es sei ja sehr warm gewesen, den ganzen Tag habe die Sonne gestrahlt. In ihrer Jugend seien alle Frauen schön angezogen gewesen, und sie ziehe sich immer noch schön an, wenn sie in den Volksgarten oder in den Burggarten gehe, setzte die Frau fort, und er sah, wie Helga aus dem Café trat, sah, wie sie lächelte, neben der Tür stehen blieb. Ob das seine neue Kollegin sei, erkundigte sich die Frau, und er bejahte, kam zu Helga und fragte, wie es ihr gehe, wie sie das Café finde. Es gehe ihr gut, und die Arbeit hier sei nicht so anstrengend wie in den Cafés, in denen sie bisher gearbeitet habe, antwortete sie, und er fragte, ob sie schon Roland kennengelernt habe. Bei ihrem Vorstellungstermin habe sie ihn kennengelernt und finde ihn nett, finde alle hier nett, antwortete sie, und sogleich fragte sie, wieso die Stelle frei geworden sei, wer hier denn vorher gearbeitet habe. Er antwortete, und sie gab einen Seufzer von sich, sagte, eine Schwarze werde es schwer haben, einen Job zu finden.

»Sie studiert«, sagte Arno, den Blick auf den Gastgarten. »Sie wollte halt nebenbei etwas Geld verdienen.«

»Was studiert sie denn?«

»Vergleichende Literaturwissenschaft«, antwortete er und bemerkte einen alten Mann, einen Bettler, der an der Ecke des Gastgartens stehen blieb und lächelnd ein junges Paar ansprach. Auch Helga sah den Mann, und energisch trat sie an ihn heran, forderte ihn auf, weiterzugehen, und nachdem der Mann sich entfernt hatte, kehrte sie zurück und sagte, es sei wieder einer aus dem Ausland gewesen, so viele Bettler gebe es schon in Wien, immer frecher seien sie. Und immer ärmer, bemerkte Arno, doch sie hörte ihm nicht mehr zu, lächelte und sprach Irmgard an, die an der Tür erschien.

Kaum hatte er den Stephansplatz betreten, sah er, wie Ayana vor dem Dom stand und nachdenklich vor sich hinstarrte, und als er zu ihr kam, fragte er rasch, ob sie schon lange da sei. Nein, nicht lange, antwortete sie und fragte, ob er ihr das Geschäft gleich zeige, wollte wissen, wo genau das Geschäft sich befinde. Er antwortete, und dann führte er sie schon am Dom vorbei, langsam bis ans Ende des Platzes. Zusammen betraten sie das Geschäft, und Ayana sagte, sie sei einige Male an dem Geschäft vorbeigegangen, doch habe sie nicht geahnt, dass es so schön sei, wäre nie darauf gekommen, dass es drinnen so wunderbar sein könne. Jetzt wisse sie, wo sie das nächste Mal einkaufen werde, sagte er dann, als sie durch das Geschäft schritten, doch sie schien seine Worte nicht wahrzunehmen, zu sehr war sie mit der Betrachtung der

Kaffeesorten beschäftigt. Er trat an einen Tisch, auf dem verschiedene Teesorten ausgestellt waren, und da sah und hörte er, wie eine junge Verkäuferin auf Ayana zukam, sie auf Englisch ansprach und fragte, ob sie etwas Bestimmtes suche, ob sie ihr helfen könne. Nein, danke, antwortete Ayana, antwortete auf Englisch, und er sah, wie die Verkäuferin einen Blick zu ihm warf und sich umdrehte, zurück zur Kassa schlenderte. Ob sie schon eine Wahl getroffen habe, fragte er auf Englisch, als er zu Ayana kam, und sie lachte leise, nahm den Kaffee Irish Cream aus dem Regal. Den werde sie gleich morgen trinken, zusammen mit ihrer Mama werde sie ihn trinken, sagte sie dann, als sie hinaus auf den Platz kamen, und er sah, wie ihr Blick sich am Turm des Domes verfing, sah, wie ihre Augen sich bewegten, langsam über den Turm hinaufglitten.

»Als würde der Turm den Himmel berühren«, kam von ihren Lippen, die zärtlich lächelten. »Magst du in den Dom schauen?«

»Warum nicht, ich war schon lange nicht drinnen«, antwortete er, und dann betraten sie den Dom. Da sah er, wie Ayana sich bekreuzigte, und still blickte er zum Altar, der rein und hell war, so herrlich leuchtete. Menschen, junge und alte, die als Touristen zu erkennen waren, strömten durch das gedämpfte Licht des Domes, ihre Stimmen flüsterten, Augen glänzten sanft. Ein junges Paar mit zwei Kindern verharrte vor einem Kerzenständer, eine asiatische Familie, und Arno sah, wie sie alle vier die brennenden Kerzen betrachteten, sah, wie ihre Augen über die kleinen Flammen der Kerzen wanderten. Die Frau strich den Kindern übers Haar, der Mann richtete seine Kamera auf sie und machte Aufnahmen, und danach drehten sie sich alle um, schritten zum Ausgang. Ob er nach vorne schauen wolle, fragte Ayana leise, und als er mit dem Kopf nickte, gingen sie weiter, gingen durch den ganzen Dom. Er könne sich nicht mehr daran erinnern, wann er zuletzt in einer Kirchenbank gesessen sei, flüsterte er, als sie in einer Bank saßen, und draußen auf dem Platz fragte er dann, ob sie oft in den Dom schaue. Manchmal nur, erwiderte sie und fragte, ob er ein Eis möchte, und als er bejahte, führte sie ihn zur nächsten Straße, führte ihn dann bis zum Donaukanal. Ob sie als Kind zur Kirche gegangen sei, erkundigte er sich, als sie das Wasser entlangschritten, und sie senkte den Kopf, verlangsamte ihre Schritte. Ja, zusammen mit ihrer Mama und ihrem Papa, später dann nur mit ihrer Mama, und als sie größer geworden sei, sei sie auch allein zur Kirche gegangen. Seine Eltern seien nie zur Kirche gegangen, und er habe nur aus Neugier in die Kirchen geschaut, sagte er, und sie trat ans Ufer, ließ sich in die Hocke fallen. Sie würde so gern hineinspringen, so gern würde sie jetzt schwimmen, sagte sie plötzlich, und er kam zu ihr, hockte sich auch hin, sagte, das wäre gefährlich, zu starke Strömungen gebe es hier.

»Ich weiß. Ich wollte schon als Kind hier baden, aber meine Eltern haben mir erzählt, wie gefährlich und unberechenbar das Wasser sein könnte.«

»Welche Sprache sprichst du denn zu Hause?«
»Deutsch.«
»Nur Deutsch? Und welche Sprache kannst du noch?«
»Englisch und Französisch.«
»Ich kann nur Englisch.«
»Bist du ein echter Wiener?«
»Wer ist schon ein echter Wiener?«
»Bist du in Wien geboren? Sind deine Eltern in Wien geboren?«

»Ja«, antwortete er rasch.

»Schade, dass das Wasser so trüb ist«, sagte sie und richtete sich auf. »Ich habe mir schon als Kind so sehr gewünscht, die Fische und die Wasserpflanzen zu sehen. Aber hier sieht man gar nichts.«

»Ich wollte hier als Kind angeln«, sagte er, den Blick auf einen alten Angler, der am anderen Ufer hockte.

»Hast du schon mal geangelt?«, fragte sie.

»Nein. Und du?«

»Noch nicht. Aber dafür bin ich hier einige Male mit dem Schiff gefahren.«

»Ich bin noch nie mit einem Schiff gefahren«, sagte er, richtete sich auf und sah das Badeschiff an, das ein Stück weiter am Ufer vertäut lag. »Und auf dem Badeschiff war ich auch noch nicht.«

»Ich auch nicht«, sagte sie, dann gingen sie weiter, tauchten in die Musik, die unablässig in die Stille des Kanals drang. Aus dem kleinen Lokal mit Gastgarten, dem Badeschiff gegenüber, hallte Popmusik, und aus der Bar, die das Schiff beherbergte, kam Technomusik. In dem Gastgarten des Lokals saßen Männer, junge und ältere Männer, und alle lächelten sie vergnügt, alle dem Schiff zugewandt. In dem Schwimmbecken des Schiffes badeten junge Frauen, und direkt über ihnen, in einem schlichten Fußballkäfig, spielten Burschen Fußball.

»Das finde ich praktisch, da kann man sich nach einem Spiel gleich abkühlen«, sagte Arno.

»Das Schwimmbecken ist total nett und die Idee mit dem Spielplatz darüber super, aber ich glaube, das wäre trotzdem nichts für mich«, meinte Ayana, und beide beschleunigten sie leicht ihre Schritte, gingen auf die nächste Brücke zu.

»Es ist schon viel los hier«, sagte er, den Blick zum anderen Ufer, wo die nächsten Bars mit kleinen Gastgärten waren, und Ayana lachte.

»Du hörst dich an, als wärst du das erste Mal in Wien«, sagte sie, und er murmelte, da habe sie recht, er brauche schon dringend eine Stadtführung. Ob er tatsächlich so wenig ausgehe, fragte sie, und er bejahte, sagte, er tue leider nur wenig in seiner Freizeit.

»Wieso? Hast du denn keine Freunde?«

»Ich habe halt keine Lust.«

»Und was machst du, wenn du frei hast?«

»Ich lese zum Beispiel.«

»Also, wenn die Bücher so wunderbar sind wie das eine, das du mir geliehen hast, dann nutzt du deine Freizeit schon sinnvoll.«

»Ja, manchmal habe ich das Gefühl, dass nur mehr Bücher mein Leben wirklich bereichern«, sagte er und erzählte über Romane, die er zuletzt gelesen hatte. Da öffnete sich seinen Augen eine Strandbar mit Liegestühlen und Sonnenschirmen. Ob er schon mal hier gewesen sei, ob er die Strandbar kenne, fragte Ayana, und er verneinte. Das habe sie sich fast gedacht, sagte sie, und als sie an den Strand kamen, stieg sie aus ihren Schuhen und führte ihn zu einem Liegestuhl, der unter einem Sonnenschirm stand. Sie ließ ihn Platz nehmen und holte das Eis, und er entledigte sich seiner Schuhe, legte seine Füße auf den feinen Sand. Hier könne man glauben, die Stadt verlassen zu haben, sagte er und sah auf den Kanal, streifte mit den Augen über den Glanz des Wassers. Ob sie oft in die Bar hier komme, fragte er, und sein Blick glitt über die Gäste, vorwiegend junge Menschen, die, der prallen Sonne ausgesetzt oder unter den Schirmen versteckt, in den Liegestühlen saßen. Nicht oft, sie sei einige Male mit den Mädchen von der Uni hier gewesen, erwiderte sie und fragte ihn, ob er denn nicht studieren wolle, ob er nie darüber nachgedacht habe, ein Studium aufzunehmen. Schon, aber er würde es nicht schaffen, würde ein Studium bestimmt bald abbrechen, antwortete er.

»Du kannst viel mehr schaffen, als du glaubst«, sagte sie.

»Du kennst mich so gut?«

»Ich würde dir helfen.«

»Und was sollte ich deiner Meinung nach studieren?«

»Vergleichende Literaturwissenschaft.«

»Du meinst, das wäre was für mich?«

»So wie du fragst, habe ich mal meine Mama gefragt. Sie hat mich überzeugt und schließlich dazu gebracht, vergleichende Literaturwissenschaft zu studieren. Sie hat mir immer geholfen, schon als ich klein war und manchmal weinend nach Hause kam, hat sie es geschafft, dass ich wieder stark wurde.«

»Warum hast du geweint?«

»Weil mich zum Beispiel Buben beschimpft haben«, antwortete sie, und die Musik setzte ein, eine Melodie kam aus der Bar, eine sanfte und langsame Melodie, die seltsam verspielt durch das Sonnenlicht glitt, unaufdringlich tönte.

Als er das Café betrat, stand Helga bereits an der Theke, sie sah ihn an und lächelte, teilte ihm mit, dass Irmgard sich krankgemeldet habe und heute nicht komme. Es werde wohl ein anstrengender Tag, murmelte er, und sie kicherte, sagte mit fester Stimme, sie würden es auch alleine schaffen. Er könne jederzeit eine Pause machen, und zu Mittag gebe es einen leckeren Kuchen, den sie gemacht habe, fuhr sie fort, und er erkundigte sich, was Irmgard denn habe. Einen neuen Freund habe sie, und die Liebe habe sie krank gemacht, antwortete Helga, und er fragte, wieso sie das wisse, ob Irmgard ihr etwa erzählt habe, sie hätte einen Freund.

»Ja, wir haben ein bisschen geplaudert.«
»Und wer ist das?«
»Keine Ahnung, das hat sie nicht gesagt«, antwortete sie, und die ersten Gäste kamen, bald schon stand kein Tisch mehr frei, Stimmen und Sprachen belebten den Gastgarten. Ob das hier ein typisches Wiener Café sei, fragte ein junges Paar aus Japan auf Englisch, und Arno bejahte, bediente das Paar und eilte zum nächsten Tisch, an dem eine Frau und ein kleines Mädchen saßen. Das Eis sei viel besser als das Eis bei ihnen zu Hause, murmelte das Mädchen, und Arno fragte, wo sie denn zu Hause sei. In Chemnitz, antwortete das Mädchen, und die Frau lachte, sagte, die Kleine freue sich so sehr darüber, dass sie in Wien sei, alles hier finde sie schön, alles bewundere sie. Ob sie schon im Tiergarten Schönbrunn gewesen sei, fragte Arno, und das Mädchen nickte mit dem Kopf, sah ihn an und sagte, dass sie auch das Schloss gesehen habe, sogar im Schlosspark sei sie gewesen. Im Schlosspark aber sei sie schon müde gewesen, habe schlafen wollen, sagte die Frau, und Arno sah, wie Helga an der Tür erschien, ihn anlächelte.

In den Schein der Sonne getaucht, lag der Pötzleinsdorfer Schlosspark, sanft der Stadt entrückt, nur zwei Frauen mit zwei Kindern belebten den Spielplatz, fröhlich tönten ihre Stimmen in der Stille der Bäume, die sie umgaben.

Noch wartete Arno, bis Ayana das Tor schloss, dann nahmen sie den nächsten Weg, schritten auf das kleine Gehege zu, das nah am Spielplatz lag. Ayana lächelte, und leicht winkte sie den jungen Ziegen zu, die sie neugierig anstarrten. Eine von ihnen kam zu ihr, ließ sich streicheln und lief zu den erwachsenen Ziegen, und Arno fragte, ob es im Park noch mehr Tiere gebe. Ja, antwortete Ayana, und danach schritten sie weiter, weiter zu den ersten Bäumen, die reglos vor ihren Augen standen, so herrlich in die Höhe ragten. Der Himmel verschwand, das Licht nahm an Helligkeit ab, und der Gesang der Vögel wurde laut. Die habe es hier schon immer gegeben, sagte Ayana und wies auf einen Vogel, auf einen Specht, und Arno blieb stehen. Einen Specht habe er schon lange nicht gesehen, sagte er, und sie fragte, wie er sich denn entschieden habe, ob er mit dem Studium tatsächlich beginnen werde. Vielleicht, antwortete er, antwortete mit unsicherer Stimme, und sie fragte, ob er etwa sein ganzes Leben im Café arbeiten wolle. Sie sei davon überzeugt, er würde das Studium schaffen, doch müsse er es wollen, müsse es wenigstens versuchen.

»Oder bist du etwa ein Feigling?«

»Deswegen muss ich doch nicht gleich ein Feigling sein«, verteidigte er sich, und sie entschuldigte sich, sagte, es rege sie innerlich auf, wenn sie zusehen müsse, wie er dabei sei, wieder aufzugeben. Sie finde es schade, bemerkte sie noch, und er sah, wie der Specht sich von dem Ast löste, gleitend im Laubkleid des nächsten Baumes verschwand. Ob das Studium schwer sei, was alles auf ihn zukäme? Es sei sicher nicht so schwer, wie er wohl glaube, antwortete sie, und während sie über das Studium erzählte, führte sie ihn tief in den Park hinein. Die habe sie am liebsten, sagte sie leise, als sie stehen blieb, den Blick auf zwei Rehe, und er lächelte, ganz still ging sein Atem.

»Als ich noch klein war, lief ich zu ihnen, um sie zu streicheln«, sagte sie, und er deutete zu einer Bank, fragte, ob sie sich setzen wolle. Noch nicht, antwortete sie, und langsam schritten sie weiter, als unvermutet ein kleiner Tempel sich zwischen den Bäumen erhob. Eine junge Frau saß in dem Tempel, und sanft zeichnete sie, zeichnete die große Wiese, die sie betrachtete, die so wunderbar vor ihren Augen lag.

»Hier habe ich schon so oft gelesen oder gelernt«, sagte Ayana, und danach gingen sie zu der Wiese, setzten sich zu einem alten Baum.

»Ich hätte mich hier als Kind gefürchtet«, sagte Arno, die Augen auf die vier Statuen der Sänger und Sängerinnen, die, groß und prächtig, auf der Wiese standen.

»Ich mag die Statuen, und ich kann mir die Wiese ohne sie gar nicht vorstellen. Auch meine Mama mag sie. Wir wurden hier einmal von einem Sturm überrascht, und ich habe mich gefürchtet. Wir mussten uns im Tempel verstecken, und da hat meine Mama gesagt, dass die Statuen uns beschützen werden. Unlängst, als ich hier war und im Tempel las, kam ein Sturm, und ich habe aufgehört zu lesen, habe das Buch geschlossen und die Wiese betrachtet.«

»Musstest du lange warten, bis es aufgehört hat zu regnen?«, fragte er, und sie verneinte, griff in ihre Tasche und nahm einen Mohnkuchen heraus. Ob sie ihn etwa gebacken habe? Ja, antwortete sie und reichte ihm ein Stück von dem Kuchen. Er kostete den Kuchen und lobte sie, und sie erzählte, wie sie ihren ersten Mohnkuchen gemacht hatte, und nachdem sie beide den Kuchen verzehrt hatten, legten sie sich auf den Rücken, sahen in die Baumkrone. Seine Mutter habe auch einen leckeren Mohnkuchen gemacht, sagte er, und sie lachte leise. Er wandte sich ihr zu, und als er ihrem Blick folgte, sah er ein Eichhörnchen, das auf einem großen Ast hockte. Eichhörnchen habe es hier immer gegeben, sagte sie, und er schloss die Augen, hörte, wie sie erneut lachte.

»Hier hast du bestimmt eine schöne Kindheit gehabt«, sagte er, und sie hörte auf zu lachen.

»Als ich noch klein war, hat meine Mama mich hier in den Park mitgenommen, und jetzt nehme ich sie manchmal mit. Es gibt nämlich Tage, wo es ihr besser geht.«

»Ist sie krank?«

»Sie hat Glück gehabt. Sie hat den Schlaganfall überlebt, aber wenn es ihr schlecht geht, dann bleibe ich bei ihr, dann gehe ich nicht hinaus, bis es ihr wieder besser geht.«

2

Einmal noch blickten sie zur Donau, dann verließen sie den Weg, und der kleine Friedhof, der Friedhof der Namenlosen, tat sich ihren Augen auf. Von großen Bäumen umgeben lag der Friedhof, und in sich verschlossen schwieg er, herrlich dem Himmel geöffnet. Ob er schon mal hier gewesen sei? Nein, noch nicht, antwortete Arno, und sein Blick wanderte über Kreuze, über schlanke und schlichte Gusskreuze, die in kleinen Reihen nebeneinanderstanden. *Unbekannt*, las er auf einem Kreuz, und sein Blick verweilte auf zwei kleinen Engeln aus Gips, einem Buben und einem Mädchen, die darunter saßen. Das

Mädchen sah vor sich hin, und der Bub küsste es von der Seite auf die Wange, zart berührte das hohe Gras ihre Körper. Eine kleine Puppe hing am nächsten Kreuz, ein lächelndes und brünettes Mädchen, und auf dem Grab lagen Spielzeuge. *Namenlos*, las er auf dem Kreuz, dann folgte er Ayana, die zu einem schmalen Weg schritt. Zusammen gingen sie durch den Friedhof, und als sie sich auf eine Bank niederließen, zog ein Nest ihre Aufmerksamkeit auf sich, ein zartes und leichtes Nest, das in einer Baumkrone kauerte. Ein großes Flugzeug erschien, und der Himmel war nicht mehr rein, nicht mehr still der Friedhof. Er habe sich schon so oft gewünscht, endlich mit einem Flugzeug zu fliegen, sagte Arno, und da nahm er wahr, wie Ayana ihren Kopf bewegte, sah, wie sie ihre Augen schloss. Das wünsche sie sich auch, sagte sie und öffnete die Augen, und er fragte, wo sie denn gern hinfliegen würde. Nach Äthiopien, antwortete sie, und er fragte, ob sie schon mit ihrer Mama darüber gesprochen habe.

»Ja, sie war bisher die Einzige, mit der ich darüber sprach.«

»Und was hat sie gesagt? Würde sie mitfliegen?«

»Sie würde die lange Reise nicht schaffen. Und wenn ich trotzdem allein fliegen würde, würde sie Angst um mich haben.«

»Es ist sicher ein schönes Land«, sagte er, und sie erzählte, was alles sie sich in Äthiopien anschauen würde, danach verließen sie den Friedhof, und im Schatten der Bäume spazierten sie die Donau entlang. Schade, dass er nicht schon als Kind gewusst habe, wie toll es hier sei, sagte er, die Augen auf die Wurzeln der Bäume, die auf den großen Steinen lagen, und sie fragte, ob er tatsächlich hergekommen wäre. Sicher, antwortete er, und sie fragte, ob er als Kind wirklich mal so weit weg von zu Hause gewesen sei. Ja, murmelte er. Wieso, fragte sie.

»Zum Beispiel nachdem ich mich mit meinen Eltern gestritten habe. Da musste ich einfach weg.«

»Weil du so aufgeregt warst?«

»Ja. Vor allem deswegen war ich aufgeregt, weil mein Vater betrunken war.«

»Trinkt er immer noch?«

»Ich glaube schon.«

»Und deine Mama?«

»Meine Mutter hat nie getrunken. Und ihr? Habt ihr zu Hause nie gestritten?«

»Nur selten. Mein Papa hat keinen Alkohol getrunken, er war so ein sanfter und lieber Mensch. Genau wie meine Mama.«

»Du hast Glück gehabt. Aber jeder hat irgendwann mal Glück im Leben.«

»Genau. Du hast deine Eltern immer noch. Es ist egal, welche Fehler sie gemacht haben, sie sind doch deine Eltern.«

»Warum ist dein Vater gestorben?«

»Er hat einen Autounfall gehabt. Auf dem Weg zur Arbeit.«

»Wo hat er denn gearbeitet?«

»Am Flughafen. Meine Mama auch. Aber meine Mama hat damals nur Teilzeit gearbeitet, damit sie mehr Zeit für mich haben konnte. Erst als ich größer wurde, arbeitete sie Vollzeit. Bis sie eines Tages in der Küche zusammenbrach. Gott sei Dank war ich zu Hause und konnte die Rettung rufen. Ich habe so schreckliche Angst um sie gehabt. Ich war jeden Tag bei ihr im Krankenhaus.«

»Ihr habt es bestimmt schwer gehabt«, sagte er, und sie trat ans Wasser, hockte sich hin und blickte in die Weite des Flusses, schwieg.

Als er die Straße querte, gewahrte er Roland und Irmgard, die an der Ecke eines Hauses standen, sah, wie sie einander streichelten, einer den anderen küsste. Schnell ging er weiter, und als er ins Café kam, überraschte Helga ihn, die schon an der Theke wartete. Ob er gefrühstückt habe, fragte sie, und er verneinte, sah dann, wie sie ihm einen kleinen Teller mit zwei Krapfen reichte. Bei ihr in der Gasse gebe es eine Bäckerei, die hätten die besten Krapfen, sagte sie, und er fragte, ob sie denn keinen Krapfen essen werde. Nein, denn sie müsse auf ihr Gewicht achten, antwortete sie, und er sah auf ihre Figur, sagte, das habe sie gar nicht nötig. Doch, mittlerweile habe sie es nötig, aber wenn sie angezogen sei, merke man das zum Glück nicht, sagte sie und fragte, was er gestern gemacht habe. Nichts, antwortete er, und sie sagte, sie wolle nächste Woche ins Kino, fragte sogleich, ob er Lust hätte, mitzukommen. Da kam Roland herein, entschuldigte sich für die Verspätung und verschwand im Büro, und im Gastgarten wurden Stimmen laut, die ersten Gäste trafen ein. Helga ging hinaus und bediente die Gäste, und als sie wieder an der Theke stehen blieb, sagte sie, dass es heute eine Demo hier auf der Straße geben werde. Was für eine Demo, fragte Arno, und Roland erschien. Tierschützer, antwortete Roland, und Helga lächelte, ließ die Bemerkung fallen, in Wien finde man immer einen Grund, um zu demonstrieren. Ob er heute früher heimgehen dürfe, fragte Roland, und sie hörte auf zu lächeln. Ja, antwortete Arno, und Roland bedankte sich, ging in den Gastgarten hinaus.

Was mit Roland los sei, fragte Helga leise, und Arno sah, wie sehr Rolands Verhalten sie verwunderte. Keine Ahnung, erwiderte er lediglich, und sie sagte, sie werde morgen Irmgard fragen, werde es morgen bestimmt schon wissen, denn Irmgard entgehe hier nichts, danach trat sie an die Tür, und reglos starrte sie hinaus.

Kaum war er vor dem Rathauspark stehen geblieben, sah er schon, wie Ayana die Straße querte, sah, wie sie lächelte, leicht ihre Schritte beschleunigte. Er gab ihr das Buch, das er ihr mitbrachte, und sie führte ihn in den Park. Im Gehen reichte sie einer alten Frau, die Drehleier spielte, ein bisschen Kleingeld, und in der Tiefe des Parks setzte sie sich zu einem alten Baum, strich über eine kleine und zarte Blume, die im Gras aufleuchtete.

»Die darf man nicht pflücken, nur streicheln darf man sie«, sagte sie, und er setzte sich zu ihr, fragte, warum sie sich denn gewünscht habe, sie würden sich hier treffen. Weil sie schon lange nicht da gewesen sei, erwiderte sie und erzählte, wie sie ein paar Mal mit ihren Freundinnen von der Universität in den Park hier gekommen war. Die Stimme eines Kindes wurde laut, und er sah ein kleines Mädchen, das vor dem nächsten großen Baum stand, weinend nach Mama rief. Rasch stand Ayana auf, kam zu dem Mädchen und ging in die Hocke, und eine Frau erschien, eine junge und schlanke Frau, die blond war wie das Mädchen. Ayana strich dem Mädchen übers Haar, flüsterte ihm etwas zu, und das Mädchen hörte auf zu weinen. Still sah Arno zu, wie Ayana sich mit dem Mädchen und der Frau unterhielt, und als sie zu ihm zurückkam und sich setzte, fragte er, warum sie nicht als Kindergärtnerin oder als Lehrerin arbeite.

»Meine Mama hat mir erzählt, dass ich als kleines Mädchen gern eine Lehrerin gespielt habe, wenn ich mit meinen Puppen allein in meinem Zimmer war«, sagte sie, und ihr Blick glitt über die Krone des nächsten Baumes.

»Wieso hat sie es dir erzählt?«

»Weil ich überlegt habe, Lehrerin zu werden.«

»Du magst Kinder, das merkt man. Möchtest du viele Kinder haben?«

»Viele nicht. Zwei vielleicht. Und ich möchte ein Kind adoptieren.«

»Du möchtest ein Kind adoptieren?«

»Ja, ein verwaistes Kind, ein österreichisches Mädchen«, antwortete sie, und er fragte, ob sie den Wunsch schon lange habe. Ziemlich lange, und sie täte alles für das Mädchen, damit es glücklich sei, erwiderte sie, und er fragte, was sie der Kleinen vorhin zugeflüstert habe. Dass ihre Mama sie niemals allein ließe, dass ihre Mama sie liebhabe, antwortete sie und öffnete ihre Tasche, nahm ein Päckchen gebratener Kastanien heraus. Die habe er als Kind geliebt, sagte er und sah eine alte Frau, die den Weg entlangging und Ayana anstarrte. Da drehte die Frau sich um, blickte zu einem alten Mann, der hinter ihr herging, und laut rief sie, dass man in den Parks kaum noch echte Wiener sehe, überall es nur Migranten gebe. Verstohlen blickte Arno zu Ayana, und da er merkte, dass sie seinen Blick wahrnahm, lächelte er und fragte, wann sie das Buch lesen werde. Auch sie lächelte, dann strich sie über das Buch, und langsam machte sie es auf, fing an zu lesen. Er legte sich hin, stützte den Kopf in die Hand und sah auf ihre Lippen, die sich ruhig bewegten, betrachtete ihr Gesicht, das in den lauwarmen Schatten der Blätter getaucht war.

Ob er sich auch so sehr auf die Schule gefreut habe, fragte Irmgard, als sie zu ihm kam, und er drehte sich wieder dem Gastgarten zu, sah noch einmal zu den jungen Eltern mit dem kleinen rothaarigen Buben, die am ersten Tisch saßen. Nein, so sehr habe er sich nicht gefreut, antwortete er, und sie sagte, sie habe sich sehr auf die Schule gefreut, daran erinnere sie sich gern, damals habe sie viel Zeit mit ihren Großeltern verbracht, denn ihre Oma habe mit ihr gelernt und ihr bei den Hausaufgaben geholfen, und ihr Opa habe sie mit Süßigkeiten versorgt, habe zusammen mit der Oma sie zur Schule gebracht und von der Schule wieder abgeholt. Wo denn ihre Eltern gewesen seien, fragte Arno, und sie antwortete, ihre Eltern seien viel beschäftigt gewesen. Seine Eltern seien damals auch viel beschäftigt gewesen, aber er habe leider keine Großeltern gehabt, sagte er, und da sah er, wie ihr Kopf sich bewegte, sah, wie sie zu den Frauen am nächsten Tisch eilte, die sie riefen. Sie bediente die Frauen, und als sie zu ihm zurückkam, sagte sie, sie habe eine schöne Kindheit gehabt, und dazu hätten auch ihre Großeltern beigetragen. Ihre Großeltern seien schon gestorben, aber sie werde sie nie vergessen, sagte sie noch, und Christopher trat an die Tür, hob die Hand und winkte ihr zu, rief sie herein. So schnell Irmgard im Café verschwand, kam sie wieder heraus, und lächelnd teilte sie Arno mit, sie werde morgen hier allein mit Roland sein, denn Helga habe gerade angerufen, Helga habe sich krankgemeldet. Aufgeregte Stimmen erhoben sich, und beide blickten sie zur Tür des nächsten Geschäfts, sahen, wie ein Verkäufer einen jungen dunkelhäutigen Mann am Arm fasste, ihn festhielt und zu ihm sprach, ihn aufforderte, zurück ins Geschäft zu kommen. Er sei bei einem Diebstahl erwischt worden, die

Polizei sei schon unterwegs, rief der Verkäufer zu den neugierigen Menschen, die ihm von der Straße aus zusahen, dann zerrte er an dem Arm des Mannes, führte den Mann ins Geschäft zurück.

»Die jungen Schwarzen haben es nicht einfach«, sagte Irmgard. »Viele von ihnen sind in armen oder sogar zerrissenen Familien aufgewachsen, und dazu noch werden sie hier als Ausländer und Außenseiter angeschaut, egal, ob sie sich integriert haben oder nicht. Einen Job zu finden ist für sie extrem schwer und so geraten manche auf die schiefe Bahn.«

»Umso mehr muss man ihnen helfen«, sagte Arno, und sie stieß einen Seufzer aus. Sie könne sich nicht vorstellen, Österreich oder überhaupt ihre Familie verlassen zu müssen, könne sich gar nicht vorstellen, im Ausland zu leben, sagte sie, und er sah, wie der rothaarige Bub auf dem Schoß des Vaters saß, voll freudiger Aufregung redete.

Er griff nach dem Handtuch, trocknete sich die Hände und kehrte ins Wohnzimmer zurück, als er vernahm, dass sein Handy läutete. Ayana war dran, sie fragte, ob er heute frei habe, und kaum hatte er bejaht, fragte sie schon weiter, wollte wissen, ob er zu Hause sei.

»Ja. Warum?«

»Wir würden dich gern zum Mittagessen einladen.«

»Wir?«

»Ich und meine Mama«, sagte sie, und er fragte nach ihrer Adresse, und als er sich auf den Weg machte, eilte er ins nächste Blumengeschäft, um zwei Rosensträuße zu kaufen. In der Straßenbahn stellte er sich vor, wie er Ayanas Mutter gegenüberstehe und wie er sie begrüße, doch kaum war er an ihre Haustür getreten, vergaß er schon seine Begrüßungsworte, und heftige Unruhe erfasste ihn. Er läutete an, und Ayanas Stimme ertönte aus der Sprechanlage. Sie machte ihm auf und wartete an der Wohnungstür, lächelte, sagte kein Wort und ließ ihn eintreten, und er gab ihr einen Rosenstrauß. Das Essen rieche herrlich, hörte er sich sagen, ehe er aus seinen Schuhen stieg, und eine blonde Frau kam hinkend ins Vorzimmer, weiß und blauäugig, deren Lächeln sanft war wie ihr Blick. Sie bedachte ihn mit einem netten Gruß, und Ayana sagte, es sei ihre Mama. Er reichte ihrer Mama den zweiten Rosenstrauß, stellte sich vor und bedankte sich für die Einladung, und danach begaben sie sich alle ins Wohnzimmer. Ayanas Mutter ließ ihn im Sessel Platz nehmen und setzte sich aufs Sofa ihm gegenüber, und er merkte, dass die Bewegung ihrer linken Hand eingeschränkt war. Ayana ging in die Küche, und ihre Mutter fragte ihn, wann er wieder arbeiten müsse. Er antwortete, und sie sagte mit trauriger Stimme, ihretwegen habe Ayana die Stelle im Café verloren. Ayana habe das Richtige getan, sagte er, und sie senkte den Blick.

»Denkst du wirklich darüber nach, ein Studium aufzunehmen?«, fragte sie und sah ihn wieder an.

»Ja. Dank Ayana.«

»Mach es«, sagte sie, und Ayana betrat das Zimmer, kam zu ihnen und stellte das Essen auf den Tisch. Ausgezeichnet, sagte er, als er das Karfiol-Käse-Laibchen kostete, und Ayana sah ihn und ihre Mutter an, fragte, worüber sie vorhin gesprochen hätten, und nachdem ihre Mutter geantwortet hatte, unterhielten sie sich alle über das Studium. Wie schön es hier sei, sagte Arno, den Blick auf die Mahagonimöbel und die Pflanzen, und als sie mit dem Essen fertig waren, führte Ayana ihn in ihr Zimmer, das dem Wohnzimmer ähnlich sah, mit ganz eigener Eleganz eingerichtet war. Auch hier stand ein Bücherregal, auch hier eine eingerahmte Fotografie ihres Vaters, eines blonden Mannes, der lächelte und einen freundlichen Blick besaß. Als sie ins Wohnzimmer zurückkehrten, ging Ayana in die Küche, und Arno trat ans Fenster, sah hinaus.

»Ich und mein Mann, wir konnten keine Kinder bekommen, und wir haben uns ein Kind gewünscht«, sagte ihre Mutter und kam zu ihm. »Wir haben mehrere Kinder gesehen, aber Ayana war die Liebe auf den ersten Blick. Damals, als sie das erste Mal zwischen mir und meinem Mann in unserem Bett lag, hat mein Mann sie auf die Stirn geküsst und gesagt, dass sie das schönste Geschenk ist, das wir je hätten bekommen können. Und dann hat er noch gesagt, dass der liebe Gott sie uns gebracht hat.«

»Was ist mit Ayanas Eltern?«

»Ihr Vater starb in Äthiopien, er wurde ermordet, und ihre Mutter hatte ein krankes Herz, sie starb bald, nachdem sie nach Österreich gekommen war, also kurz nach Ayanas Geburt. Aber Ayana hat ein gesundes und starkes Herz. Sie ist alles, was ich habe.«

»Ayana liebt Sie sehr«, sagte er, und Ayana kam ins Zimmer, stellte ein Tablett mit Teetassen auf den Tisch und fragte, ob es auf der Straße etwas Neues gebe. Nein, antwortete ihre Mutter, und er nahm wahr, wie sie ihn von der Seite anblickte.

»Über diese Straße sind wir gegangen, als wir sie das erste Mal zur Schule bringen mussten, ich habe es immer noch vor den Augen«, sagte die Mutter, und am Tisch erzählte sie, wie Ayana sich auf die Schule gefreut hatte, wie fleißig sie als Schülerin gewesen war. »Sie war jedes Mal so glücklich, wenn sie alle Hausaufgaben fertig hatte und wir in den Pötzleinsdorfer Schlosspark gegangen sind. An warmen Tagen nahmen wir manchmal etwas zu essen mit und aßen unter einem Baum.«

»Ich kenne den Baum«, sagte Arno, und die Mutter wurde still, lächelte nur, sah ihn wieder an.

»Ich weiß«, sagte sie.

Seine Hausglocke läutete, und Ayana meldete sich am Haustelefon. Er ließ die Haustür öffnen, machte die Wohnungstür auf und zog sich um, lief noch ins Badezimmer. Und als er aus dem Badezimmer kam, stand Ayana bereits im Wohnzimmer, nass glänzten ihr Kleid und ihre Haare, kleine Regentropfen glitten über ihr Gesicht. Sie lächelte und legte sein Buch auf den Tisch, sagte, sie sei schon unterwegs gewesen, als es zu regnen begonnen habe. Aber sie hätte das Buch noch behalten können, er brauche es nicht, sagte er, und da sah er, wie sie aufhörte zu lächeln, rasch seinem Blick auswich. Er trat an sie heran, und sanft wischte er einen der Tropfen von ihrer Stirn, legte seine Lippen auf ihre.

Sie stieg aus dem Bett und eilte ins Badezimmer, und er hörte, wie die Tür zuging, das Wasser floss. Er holte aus dem Schrank den neuen Haartrockner, hängte ihr Kleid über die Stuhllehne und begann, es zu trocknen, und kaum war er fertig geworden, kam Ayana schon aus dem Badezimmer zurück, setzte sich auf seinen Schoß und legte ihren Arm um seinen Hals. Er habe nicht gewusst, dass sie noch Jungfrau gewesen sei, flüsterte er, und sie drückte ihn an sich. Ob sie seine Erste gewesen sei, fragte sie leise. Nein, er habe schon mal eine Freundin gehabt, aber nur kurz, antwortete er und spürte, wie ihre Hand sich bewegte, sacht über seinen Rücken strich.

»Ich habe meiner Mama versprochen, dass wir sie in den Pötzleinsdorfer Schlosspark mitnehmen. Und es regnet nicht mehr.«

»Draußen ist doch alles nass.«

»Die Sonne scheint wieder, und die Mama wartet auf uns«, sagte Ayana, und kurz danach machten sie sich schon auf den Weg, fuhren zu der Mama. Vor ihrer Wohnungstür blieben sie stehen, und wieder berührten ihre Lippen einander, noch einmal küssten sie sich, als plötzlich des Nachbars Tür aufging. Sie lösten sich voneinander, und Dieter hob seinen gesenkten Kopf, sah sie beide an. Ayana stellte ihm Arno vor, und Dieter sagte zu ihr, er habe vorhin gesehen, wie sie aus dem Haus gegangen sei. Sie habe Arno sein Buch zurückgebracht, sagte sie und fragte, ob er mit in den Park komme. Nein, vielleicht nächstes Mal, antwortete er und fragte Arno, ob er viel lese. Schon, antwortete Arno, und Dieter sagte, Ayana lese auch gern.

»Ich weiß, und Sie haben sie dabei unterstützt.«

»Du könntest dir bei mir Bücher ausborgen, ich habe sie bereits alle gelesen. Ihr könntet beide kommen, wann immer ihr wollt, ich bin ein alter Mann, und alte Männer haben viel Zeit.«

Als Arno aus dem Fahrstuhl trat, sah er, wie sie an ihrer Wohnungstür erschien, in seine Augen lächelte. Ob ihre Mutter noch schlafe, fragte er, und sie bejahte, führte ihn in ihr Zimmer, drückte ihn auf ihr Bett nieder und legte sich zu ihm. Er hoffe, sie hätten ihre Mama nicht geweckt, flüsterte er, und sie schmiegte sich an ihn. Nein, sicher nicht, flüsterte sie.

»Wann hast du es erfahren, dass deine Mama und dein Papa deine Adoptiveltern sind?«, fragte er behutsam.

»Da war ich noch ein Kind. Sie haben es mir erzählt, nachdem ich gefragt hatte, wieso ich schwarz bin.«

»Ich habe gesehen, dass du Bücher über Afrika hast. Einige davon über Äthiopien.«

»Die meisten habe ich zusammen mit meiner Mama und meinem Papa gekauft.«

»Deine Mama hat mir erzählt, was mit deinen Eltern geschah.«

»Ich weiß.«

»Österreich ist deine Heimat. Aber fühlst du dich zugleich als Äthiopierin?«

»Ich kenne keine Äthiopier oder überhaupt Afrikaner, und ich war nie in Afrika, genau wie du, aber ich bin schwarz und meine Eltern waren schwarze Äthiopier. Doch hier bin ich zu Hause, und hier habe ich eine weiße Mama, die ich liebe, und wenn die stirbt, dann werde ich sie in meinem Herzen tragen, so wie ich meinen weißen Papa in meinem Herzen trage.«

»Du hast bestimmt oft zu spüren bekommen, dass du anders bist.«

»Ich bin es gewohnt, das gehört zu meiner Heimat«, sagte sie, und er vernahm ein Geräusch.

»Ich glaube, deine Mama ist aufgestanden«, sagte er und spürte, wie Ayana sich von ihm löste, sah, wie sie aus dem Bett stieg. Auch er stieg aus dem Bett, und zusammen begaben sie sich in die Küche, machten das Frühstück, aßen und unterhielten sich mit der Mutter, dann gingen sie zu Dieter.

»Wolltest du gerade hinausgehen?«, fragte Ayana, als Dieter seine Tür öffnete.

»Nein. Wieso?«

»Weil du so schön angezogen bist.«

»Ach, das ist ein alter Anzug.«

»Ich weiß, den hast du ja manchmal in der Buchhandlung getragen.«

»Du erinnerst dich noch daran«, sagte er erfreut und führte sie beide ins Wohnzimmer, und als er den Kaffee aus der Küche brachte, nahmen sie Platz in der alten Sitzgarnitur. Wie eine kleine Buchhandlung, sagte Arno, und seine Augen wanderten über Regale mit Büchern, die bis an den Plafond reichten. Ayana wisse bestimmt noch, wo welches Buch stehe, sagte Dieter, und Ayana kicherte. Ob er oft in den Stadtpark komme, fragte sie ihn unvermittelt, und da er sie überrascht ansah, erzählte sie, wie sie und Arno ihn im Park gesehen hatten.

»Nein. Als meine Frau noch gelebt hat, sind wir oft in die Parks gegangen. Auch in die Kaffeehäuser sind wir gegangen, und manchmal haben wir uns Ausstellungen in den Museen oder Galerien angeschaut. Wenn unsere Buchhandlung geschlossen war und wir einen freien Tag hatten, hatten wir gleich etwas unternommen.«

»Das war bestimmt toll«, sagte Arno, und Dieter bat ihn, ihn zu duzen, wollte wissen, wo er Ayana kennengelernt habe. Er antwortete, und Dieter fragte, ob die Arbeit im Café ihm Spaß mache. Nicht wirklich, aber er brauche den Job, erwiderte Arno und sah ein Bücherregal an.

»Dort sind Kinderbücher, und die warten, bis Ayana sie endlich abholt«, sagte Dieter und sah Ayana an. »Die habe ich dir doch versprochen.«

»Ich weiß, aber ich habe noch keinen Platz zu Hause.«

»Ich habe weder Kinder noch Verwandtschaft, aber du wirst mal Kinder haben, und dann wirst du die Bücher brauchen«, sagte Dieter, und Arno erhob sich, trat an das

Regal, nahm eines der größeren Bücher heraus. Er öffnete das Buch, und Ayana kam zu ihm.

»Das habe ich mir schon mehrmals angeschaut«, sagte sie.

»Ich würde mich freuen, wenn es die alte Buchhandlung wieder geben könnte«, sagte Dieter. »Das Geschäft gehört immer noch mir, und es steht wieder leer, die Firma ist nämlich ausgezogen. Ihr seid so jung, habt viel Kraft, ihr würdet es sicher schaffen, die Buchhandlung wiederaufzubauen. Und die Wohnung über dem Geschäft gehört jetzt zu der Buchhandlung, denn die alten Mieter sind auch ausgezogen.«

3

Er trat an die Tür, steckte die Hände in die Hosentaschen und sah hinaus, sah auf die Straße, die wunderbar hell vor seinen Augen lag, vollständig in das klare Himmelslicht getaucht war. Eine Straßenbahn kam, hielt und fuhr wieder los, und Stille legte sich über die Haltestelle. Er drehte sich um, nahm die Hände aus den Hosentaschen, und mit weichen Schritten kehrte er an die Kassa zurück, sah zur Leseecke. Nun schwiegen die Kinder, und zusammen mit der Kindergärtnerin saßen sie auf dem Teppich, hörten alle Ayana zu, die auf einem Stuhl saß und aus einem Buch vorlas. Sanft und fließend las Ayana, und als sie das Buch schloss, unterhielt sie sich mit den Kindern, sprach über die Geschichte, erzählte über ihre Lieblingsmärchen. Noch ein Buch schlug sie auf, noch einmal las sie vor, und nachdem sie sich von den Kindern verabschiedet hatte, verharrte sie an der Tür und sah nachdenklich in die

Weite der Straße. Da bewegte sie sich, hob die Hand und winkte, und eine alte Frau kam auf sie zu. Sie habe schon vorige Woche gesehen, dass die Buchhandlung eröffnet habe, doch sei sie krank geworden, habe im Bett bleiben müssen, sagte die Frau, und Ayana bat sie herein. Ähnlich wie vor Jahren, aber alles neu, sagte Ayana, und die Frau schlug die Hände zusammen, lachte. Genauso gemütlich wie damals, aber noch schöner, sagte die Frau freudig, und Arno sah, wie Ayana in seine Augen blickte, wie sie lächelte, langsam die Frau zu ihm führte.

»Ich kann mich immer noch daran erinnern, wie Ayana sich die Kinderbücher hier angeschaut hatte und wie vertieft sie manchmal in ein Märchen war«, sagte die Frau. »Jetzt liest sie bestimmt nur feine Literatur, nicht wie ich, mir reicht, wenn die Geschichte romantisch ist, ich schäme mich nicht dafür.«

»Ich kenne nur wenige Menschen, die so viel lesen wie Sie, und als ich neulich dabei war, Novitäten zu bestellen, habe ich mich an Sie erinnert«, sagte Ayana und führte die Frau zu einem Regal.

»Das ist genau die richtige Literatur für mich«, sagte die Frau vor dem Regal, und Arno räumte in der Leseecke auf, rollte den Teppich zusammen und brachte ihn ins Lager, kehrte zur Kassa zurück. Zwei Burschen betraten die Buchhandlung, schlanke und groß gewachsene Burschen, und er sah, wie sie sich umschauten, sah, wie sie leise miteinander sprachen, grinsend auf ihn zukamen. Ihr Lehrer wünsche sich, sie würden einen Roman lesen, österreichische Literatur müsse es sein, sagten sie und fragten, wo das Regal mit Belletristik stehe, baten um eine Buchempfehlung. Aber einen kurzen Roman, bemerkte der Bursch, der blond war, und Arno fragte, warum der Roman kurz sein müsse. Weil er das Lesen hasse, weil er kein dickes Buch lesen wolle, erwiderte der Bursch, und Arno führte sie zum Regal mit österreichischer Literatur, nahm zwei schmale Bücher heraus und reichte sie ihnen, und die Burschen bedankten sich, bedankten sich ohne die Bücher aufzuschlagen, bezahlten und gingen hinaus.

»Es werden sicher viele Menschen zu euch kommen, selbst diejenigen, die normalerweise keine Bücher lesen«, sagte die alte Frau zu Arno, und nachdem auch sie die Buchhandlung verlassen hatte, kam Ayana zu ihm und drückte ihn auf den Stuhl nieder, setzte sich auf seinen Schoß.

»Ich habe schon als Kind manchmal gesehen, wie sie im Schlosspark ein Buch gelesen hat«, sagte sie und legte ihre Arme um seinen Hals, und er spürte, wie ihr Atem über seine Haut strich. Sie könne frei haben, wann immer sie wolle, könne studieren und lesen und sich mit ihren Freundinnen treffen, er werde es hier auch allein schaffen, sagte er, und da hörte er, wie die Tür aufging, sah, wie zwei Frauen hereinkamen. Sie werde fleißig studieren, werde mit dem Studium bald fertig und dann werde er studieren, sie würden alles schaffen, niemals würden sie aufgeben, sagte sie und stand auf, drehte sich den Frauen zu.

Er sah, wie sie vor dem Präsentationstisch stand und die ausgestellten Bücher betrachtete, und die Erinnerung daran kam ihm, wie sie wieder vor dem Schlafen die neuen Verlagskataloge durchgeblättert hatte, wie sehr sie auf viele der Novitäten neugierig war. Eine ältere Frau trat herein, lächelte und erwiderte seinen Gruß, sah sich um und wandte sich ihm wieder zu, sagte, eine so schöne Buchhandlung habe sie schon lange nicht gesehen.

»Und wie sauber, da haben Sie aber eine fleißige Putzfrau«, fügte die Frau hinzu, den Blick auf Ayana gerichtet, und er fragte, ob er ihr helfen könne. Ja, sie brauche ein bestimmtes Buch, einen Roman von einer österreichischen Schriftstellerin, antwortete die Frau und reichte ihm einen Zeitungsausschnitt, auf dem das Buch abgebildet war.

»Warten Sie, da muss ich meine Chefin fragen, die kennt sich besser aus«, sagte er und rief Ayana.

Ayana brachte der Frau das Buch und wünschte ihr viel Spaß mit dem Roman, und als die Buchhandlung wieder leer war, sagte sie zu Arno, es sei ein gutes Zeichen, wenn sogar Kunden bei ihnen einkaufen würden, die nicht aus der Gegend seien. Eine junge Frau und ein kleines Mädchen betraten die Buchhandlung, und Ayana sah sie überrascht an, grüßte und lachte. Sie stellte die Frau und das Mädchen Arno vor, führte sie beide in die Leseecke und holte ein paar Kinderbücher, ging vor der Kleinen in die Hocke und zeigte ihr Bilder, las kurze Texte vor, dann setzte sie sich zu der Frau. Und als sie später zur Kassa kam, nahm sie eine Papiertasche und steckte eines der Bücher hinein, sagte leise zu Arno, es sei ein Geschenk für die Kleine. Wer die Frau sei, fragte er, und sie antwortete, sie hätten sich schon als Kinder gekannt. Sie habe sie eine Zeit lang nicht gesehen, doch jetzt wohne sie wieder hier in der Nähe, sei zurück bei ihren Eltern, denn sie habe sich von ihrem Mann getrennt.

Sie fügte ihre Blumen zu den anderen, die bereits in der Vase steckten, kniete sich auf die Umrandung des Grabes und senkte den Kopf, legte ihre Hand auf die Erde. Für einen Augenblick lang verharrte sie reglos, dann sah sie den Grabstein abermals an, und langsam richtete sie sich auf.

»Wie man sieht, war deine Mutter auch hier«, sagte Arno.

»Wir sind beide oft da, manchmal kommen wir zusammen, der Papa hat immer frische Blumen«, sagte sie und blickte zum Himmel. »Schau, die Wolken ziehen ab, anscheinend wird es gar nicht regnen.«

»Dann können wir doch in die Innenstadt schauen«, sagte er, und wenig später fuhren sie schon zur Staatsoper, spazierten durch Gassen und betrachteten Buchhandlungen, die, wie an jedem Sonntag hier, still und leblos waren. Anschließend nahmen sie Platz in einem Restaurant, ließen sich Essen bringen, und aus dem großen Fenster beobachteten sie die Gasse, die von Touristen belebt war. Da blieben ihre Blicke auf zwei jungen und hübsch gekleideten Frauen haften, die vor einer Kutsche standen, strahlend einander fotografierten. Als ihr Papa noch gelebt habe, hätten sie sich einmal alle drei mit einer Kutsche fahren lassen, sagte Ayana, und Arno sah, wie die Frauen in die Kutsche stiegen. Er sei noch nie mit einer Kutsche gefahren, sagte er, und Ayana fragte, ob er sich wünsche, sie würden mit einer Kutsche fahren. Er lächelte und verneinte, doch als sie hinauskamen, wiederholte sie ihre Frage, nahm seine Hand. Vielleicht nächstes Mal, gab er zur Antwort, als er plötzlich sah, wie Irmgard in die Gasse kam, ihnen entgegenschritt.

Das Geräusch der aufgegangenen Tür wurde laut, und er sah, wie ein Bursch die Buchhandlung betrat, stellte dann fest, dass es der blonde junge Mann war, dem er vor einigen Tagen ein Buch empfohlen hatte. Ob er noch eine

Buchempfehlung für ihn hätte, murmelte er, und Arno fragte, ob er das Buch wieder für die Schule brauche, ob es ein schmales Buch sein müsse.

»Nein, nicht für die Schule, und es muss nicht schmal sein«, antwortete der Bursch, und Arno ging zum Regal, griff nach einem Buch und kehrte zur Kassa zurück, reichte es ihm.

»Das habe ich gelesen, als ich in deinem Alter war, und ich habe es immer noch nicht vergessen«, sagte er, und der Bursch nahm das Buch, holte das Geld aus seiner Geldbörse und bezahlte, und so wie er gekommen war, verließ er die Buchhandlung. Kaum war die Tür zugegangen, kam Dieter herein, lächelte und grüßte, fragte, wo Ayana sei.

»Sie hat heute frei, sie ist bei ihrer Mutter«, antwortete Arno, und Dieter blieb stehen, lächelte nicht mehr.

»Ich bin so froh, dass es Ayana gut geht«, sagte er. »Sie ist in einer wunderbaren Familie aufgewachsen, wo sie über alles geliebt wurde und ein sicheres Zuhause hatte, doch draußen war sie leicht verletzbar. Ich werde nie vergessen, wie sie einmal hier in der Leseecke saß und ich bemerkte, dass sie Tränen in den Augen hatte. Ich habe lange gebraucht, bis sie mir endlich erzählt hat, dass zwei Buben sie auf der Straße beschimpft haben. Als dreckige Negerin haben die Buben sie beschimpft. Du weißt, sie ist nicht so stark, wie sie sich manchmal gibt, man muss sie beschützen.«

»Das weiß ich«, sagte Arno, und Dieter trat an den Präsentationstisch. Wie schön der sei, murmelte er wie zu sich selbst und ging um den Tisch herum, sah all die neuen Bücher an. Er komme sie bald wieder besuchen, werde bestimmt vorbeischauen, sagte er dann draußen vor der Tür, und Arno blickte auf die Straße, als er plötzlich sah, wie aus dem Geschäft schräg gegenüber zwei Polizisten seinen Vater hinausführten.

»Bestimmt ein Obdachloser, und ziemlich betrunken«, presste Dieter zwischen den Zähnen hervor, und Arno sah, wie er zu dem Geschäft starrte. Ob er kurz Zeit hätte, ihn zu vertreten, ob er noch eine Weile in der Buchhandlung bleiben könne, fragte Arno ihn. Ja, antwortete Dieter überrascht, und Arno lief los, lief bis zu dem Geschäft. Er stellte sich einem der Polizisten vor, zeigte ihm noch seinen Personalausweis und sah den Vater an, doch der Vater wich seinem Blick aus und drehte ihm den Rücken zu. Die Filialleiterin erschien an der Tür, und wie schon eine Woche zuvor, als sie in die Buchhandlung gekommen war, erwiderte sie Arnos Gruß und fragte freundlich, wie es ihm gehe. Gut, hörte er sich antworten, und der Polizist teilte ihm mit, sein Vater sei beim Diebstahl erwischt worden und werde eine Anzeige bekommen. Er habe wohl vergessen, an der Kassa zu bezahlen, das könne passieren, wenn man etwas getrunken habe, sagte die Filialleiterin rasch, und der Polizist sah sie überrascht an, doch wandte er sich wieder Arno zu, und mit unruhiger Stimme fragte er, ob er es schaffe, den Vater heimzubringen. Ja, antwortete Arno lediglich, als er sah, wie sein Vater sich bewegte, wortlos fortging.

Ob sie den Mohnkuchen schon eingepackt habe, fragte Arno noch, und Ayana bejahte, zog ihr Kleid zurecht und wandte sich vom Spiegel ab, und kurz danach gingen sie hinaus, stiegen in eine Straßenbahn. Sie habe Angst, sagte sie dann, als er an der Hausglocke seiner Eltern läutete, und er nahm sie bei der Hand. Seine Mutter wartete an der Wohnungstür, still war ihr Gruß, fassungslos ihr

Blick, und als sein Vater kam, verließ sie das Vorzimmer. Auch sein Vater war sprachlos, als er Ayana sah, doch fasste er sich wieder und bat sie beide herein, führte sie ins Wohnzimmer. Er wies auf den gedeckten Tisch, ließ sie Platz nehmen und lächelte Ayana an, fragte, ob er ihnen Kaffee anbieten dürfe, und als Ayana bejahte, begab er sich in die Küche. Arno erhob sich wieder und sagte zu Ayana, er komme gleich zurück, danach ging er in den Flur und blickte ins Badezimmer, sah auch in sein ehemaliges Zimmer, und im Schlafzimmer fand er schließlich die Mutter. Warum er sie so überraschen müsse, brachte die Mutter über die Lippen, nachdem er sich zu ihr aufs Bett gesetzt hatte, und er senkte den Kopf, sagte, er habe gedacht, sie würden sich freuen. Wo seine Freundin denn herkomme, fragte die Mutter weiter, und er hob wieder den Kopf, antwortete und sah zum Fenster.

»Und du glaubst, du kennst sie gut?«

»Ja«, erwiderte er, und da hörte er, wie Ayana und sein Vater im Wohnzimmer lachten. »Bist du sicher, dass er es schafft, mit dem Trinken aufzuhören?«

»Er hat in den vergangenen Wochen so viel getrunken, weil er gekündigt wurde«, sagte die Mutter.

»Warum wurde er gekündigt?«

»Weil man in der Firma das Personal reduzieren musste. Jetzt sind wir beide arbeitslos. Und er macht sich Sorgen. Aber er hat mir versprochen, keinen Alkohol mehr zu trinken.«

»Ich wünsche es mir sehr«, sagte Arno, dann sahen sie einander an, für einen Augenblick nur blickte einer dem anderen in die Augen, und beide gleichzeitig standen sie auf, doch als sie ins Wohnzimmer kamen, waren Ayana und der Vater fort. Wieder ertönte das Gelächter, und sie gingen in die Küche, sahen, wie Ayana und der Vater an der Küchenzeile standen, zusammen den aufgeschnittenen Mohnkuchen auf kleine Teller legten.

Ein betagter Herr betrat die Buchhandlung, einen alten Hund an der Leine, und mit schweren Schritten schlenderte er zur Leseecke, nahm langsam Platz. Rasch brachte Arno das Buch, das der Herr sich gewünscht hatte, als er Stimmen hörte, die von draußen hereindrangen. Junge Männer, offenbar Bauarbeiter, standen auf der Straße, und grinsend riefen sie etwas Ayana zu, die ins Schaufenster gestiegen war, um neue Bücher auszustellen.

»Was haben sie gewollt?«, fragte er, als sie zu ihm kam. »Was haben sie denn gerufen?«

»Wie viel ich kosten würde. Aber den Rest habe ich nicht verstanden, denn sie haben dann in einer fremden Sprache gesprochen, ich glaube, es war eine slawische Sprache.«

»Manche Typen werden auf einmal mutig und stark, wenn sie ihre Freunde um sich haben«, bemerkte er, und die Tür ging auf, eine junge Frau und ein Mädchen traten herein, beide trugen sie Kopftuch. Ihre Tochter brauche ein Buch, das nicht zu schwer zu lesen sei, sagte die Frau, und Ayana fragte das Mädchen, in welche Klasse sie schon gehe. In die vierte, antwortete das Mädchen scheu, sie lerne fleißig Deutsch, aber wenn sie Bücher lesen würde, würde sie noch besser Deutsch können, das habe nämlich ihre Lehrerin gesagt. Sie seien noch nicht lange in Österreich, sagte die Frau, und Ayana fragte, aus welchem Land sie gekommen seien. Aus Syrien, antwortete die Frau, und Ayana führte sie und das Mädchen zu einem Regal. Sie würden gewiss ein schönes Buch finden, sagte

Ayana, und ihre Mutter kam herein. Sie habe ihnen etwas zu naschen gebracht, sagte die Mutter zu Arno, nahm aus ihrer Tasche eine Bonboniere und steckte sie unter das Kassapult, dann ging sie zu Ayana, und er hörte, wie Ayana zu dem Mädchen sagte, sie könne hier lesen oder lernen, auch ihre Hausaufgaben könne sie hier schreiben, möge vorbeikommen, wann immer sie wolle, immer sei sie willkommen. Ein Schnarchen wurde laut, ein Schnarchen, das aus der Leseecke drang, und als Arno in die Leseecke kam, lächelte der Herr ihn an.

»Er ist schon alt«, sagte der Herr, und mit sanftem Blick sah er den Hund an, strich über seinen Rücken. Der Hund öffnete die Augen, das Schnarchen hörte auf, und der Herr wandte sich wieder Arno zu, sagte, er nehme das Buch.

Sie bat ihn, endlich aus dem Bett zu steigen und den neuen Jogginganzug anzuziehen, und kaum hatten sie dann den Schlosspark betreten, fing sie schon an zu laufen. Grau und trüb war der Himmel, seltsam schwer das Morgenlicht, und menschenleer lag der ganze Park. Von dunklen Schatten umfangen, liefen sie durch stille Wege, und als sie auf die große Wiese kamen, legten sie sich ins Gras. Ob das nicht wundervoll sei, sagte Ayana, das Gesicht zum Himmel, und die ersten Tropfen fielen, der Regen setzte ein. Sie nahm seine Hand, doch äußerte sie den Wunsch, sie würden liegenbleiben, und er sah, wie sie ihre Augen schloss, sah, wie sie lächelte, reglos verharrte. Er blickte zum Himmel, schloss auch die Augen, und beide schwiegen sie. Ein Donner grollte, und ihre Hände lösten sich voneinander, beide standen sie auf und rannten los, rannten bis zum Tempel. Er setzte sich auf die Bank, sie auf seinen Schoß, und still sahen sie auf die Wiese, versanken in die Betrachtung der Farben, die, so sanft und rein, fabelhaft mit ihrem Glanz spielten.

»Wir müssen die Buchhandlung aufsperren«, sagte er leise, und beide standen sie auf, liefen zum nächsten Weg, liefen dann aus dem Park. Zu Hause nahmen sie ein Bad, und als sie die Buchhandlung öffneten, war der Himmel hell, lauwarm der Sonnenschein, kein Tropfen fiel. Bald schon belebten die ersten Kunden die Buchhandlung, und zu Mittag kam eine Lehrerin mit ihrer Klasse herein, und Arno sah, wie Ayana sie zur Leseecke begleitete und Platz nahm, ein Buch öffnete. Immer wieder hörte er dann ihre Stimme, sah, wie sie den Kindern Bücher zeigte, und als er später zur Tür blickte, sah er, wie seine Mutter und sein Vater die Buchhandlung betraten, beide lächelnd auf ihn zukamen.

All die schönen Farben

1

Schon wartete seine Großmutter, wartete an ihrer Wohnungstür, als er aus dem Fahrstuhl stieg, sanft leuchteten ihre Augen auf, und freudig grüßte sie, schloss ihn in die Arme. Wo er so lange gesteckt habe, fragte sie, und langsam ließ sie ihn los, federleicht glitten ihre Finger über seinen Arm. Ob er sich etwa verlaufen habe? Nein, verlaufen habe er sich nicht, Wien sei zwar etwas größer als Prag, doch er könne sich an vieles hier erinnern, kenne sich immer noch aus, antwortete er und strich über ihre Hand. Aber es sei so lange her, schon zehn Jahre sei es her, als er zuletzt bei ihr gewesen sei, sagte die Großmutter und bat ihn herein, führte ihn in das kleine Zimmer, das einst Großvaters Arbeitszimmer war. Die alte Staffelei stand nach wie vor auf ihrem Platz, unverändert neben dem Fenster, und jede Wand schmückten Großvaters Gemälde, große und kleine Bilder, die den Bezirk, das alte und schöne Döbling, in allen seinen Farben leuchten ließen. Er möge seine Sachen auspacken und ins Wohnzimmer kommen, das Essen sei schon fertig, sagte die Großmutter, ehe sie das Zimmer verließ, und er öffnete seine Tasche. Er räumte seine Sachen in den Schrank und begab sich ins Badezimmer, wusch sich Hände und Gesicht, als er meinte, Großmutters Stimme vernommen zu haben. Er stellte das Wasser ab, hielt inne, lauschte. Martin!, rief die Großmutter, und er griff nach dem Handtuch, trocknete sich ab und kam aus dem Badezimmer. Er müsse doch hungrig sein, sagte die Großmutter, als er das Wohnzimmer betrat, und er sah, dass der Tisch bereits gedeckt war, das Essen wartete. Er setzte sich der Großmutter gegenüber, und sein Blick glitt über Großvaters Bilder, die zwischen all den alten Möbeln hingen, auch hier seine geliebte Heimat zur Schau stellten.

»Es ist immer noch so still bei dir, man hört die Straße gar nicht.«

»Es ist ja nur eine kleine Sackgasse.«

»Als ich aus der Straßenbahn stieg und dann in dein Viertel kam, habe ich mich so gefreut, dass ich wieder da bin. Überall Bäume, und so viele Blumen, es ist so bunt hier.«

»Wir haben damals großes Glück gehabt, dass wir die Wohnung hier bekamen. Ich werde nie vergessen, wie wir uns darüber gefreut haben.«

»Das glaube ich.«

»Es war in den Sommerferien, und es war genauso heiß wie heute«, sagte die Großmutter, und er erhob sich, blickte aus dem Fenster, sah auf das prächtige Familienhaus mit Garten auf der anderen Straßenseite.

»Ich wollte nicht von der Straße aus hinschauen. Wie geht es Heiner und Dorothea?«

»Heiner ist gestorben«, antwortete die Großmutter mit trauriger Stimme, und er sah sie fassungslos an, nahm wieder Platz. Heiner sei mit seinen Freunden in Tirol gewesen, sei bei einer Bergwanderung tödlich verunglückt, sagte die Großmutter, und eine Weile lang erzählte sie über Heiner, erzählte von dem Unglück. Ob Dorothea noch zu Hause wohne? Ja, zusammen mit ihrer Mutter und ihrem Großvater wohne sie zu Hause, habe nicht vor, auszuziehen, werde wohl für immer zu Hause bleiben. Zuerst sei Dorotheas Großmutter gestorben, dann ihr Vater, und kurz danach sei eben ihr Bruder verunglückt, so eine Tragödie, fügte sie hinzu, und er fragte, ob die Familie noch die Pension besitze. Natürlich, die Lage in Döbling sei ja ideal für eine Pension, und die Arbeit habe ihnen in den schweren Zeiten bestimmt geholfen, erwiderte sie, und ein leiser Seufzer kam von ihren Lippen.

»Ich kann mich immer noch daran erinnern, wie ich Heiner das erste Mal sah, als er im Kinderwagen schlief, und zwei Jahre später lag schon Dorothea in dem Kinderwagen«, sagte sie noch, und danach wurden sie beide still, fingen an zu essen. Auf den habe er sich gefreut, brach Martin das Schweigen, nachdem er den Knödel, den österreichischen Semmelknödel, gekostet hatte, und die Großmutter lächelte. Wann sie denn endlich nach Prag komme, fragte er behutsam, und sie hörte auf zu lächeln.

»Du weißt doch, dass ich nur selten nach Tschechien komme«, erwiderte sie.

»Das weiß ich. Aber wieso eigentlich?«

»Ich und dein Großvater, wir haben hier eine neue Heimat gefunden.«

»Aber mein Vater ist hier geboren und trotzdem ist er nach Prag gezogen.«

»Das Leben ist voller Überraschungen, manchmal kompliziert. Wer hätte gedacht, dass dein Vater sich ausgerechnet in eine Pragerin verliebt.«

»Gut, dass er damals nach Prag gefahren ist.«

»Und du? Hast du schon eine Freundin?«

»Nein«, antwortete er leise und ausweichend, und sie fragte, ob er schon mal verliebt gewesen sei. Nicht so richtig, gab er zur Antwort, und sie lächelte, ganz vergnügt funkelten ihre Augen.

»Genau wie dein Großvater. Als ich deinen Großvater kennengelernt habe, habe ich gleich bemerkt, dass er noch nie eine Freundin hatte, er war so unerfahren.«

»Ich brauche keine Freundin«, murmelte Martin, und sie lachte leise, fragte dann, ob er die Stelle schon bekommen habe, die Stelle im Büro, von der er ihr am Telefon erzählt habe. Ja, in einem Monat fange er an, antwortete er, und kaum war er mit dem Essen fertig, äußerte er schon den Wunsch, zum Beethovengang zu gehen, und die Großmutter sagte erfreut, sie habe gewusst, er werde sich das wünschen. Aber zum Kahlenberg hinauf werde sie mit ihm nicht mehr steigen, das würde sie nicht schaffen, zum Kahlenberg müsse er schon allein. Vielleicht gleich morgen, setzte sie hinzu, und er sagte, morgen sei er mit Irena und Hynek verabredet, den Wiener Tschechen, die er in Prag kennengelernt habe.

»Wo wohnen sie denn in Wien?«, fragte die Großmutter.

»Im zweiten Bezirk, aber sie wohnen nicht zusammen, sie wohnen noch zu Hause bei den Eltern.«

»Sind sie hier geboren?«

»Irena ist hier geboren, und Hynek ist schon als Kind mit seinen Eltern nach Wien gekommen, aber sie sprechen perfekt Tschechisch.«

»Die Muttersprache verlernt man nie«, sagte die Großmutter, und als sie wenig später hinauskamen, erzählte sie, dass sie damals, als sie nach Wien gekommen waren, ein paar Tschechen kennengelernt hatten, erzählte, dass sie aber bald wieder allein waren, keinen Kontakt mehr zu ihren Landsleuten hatten. Langsam verließen sie die Straße, und der Beethovengang öffnete sich ihren Augen, schmal und lang, von Schatten alter Bäume umfangen. Das Rauschen des Wassers wurde laut, und Martin sah den Bach an, der voller Glanz und spiegelglatt entlang des Weges lief. Große und kleine Häuser erhoben sich dem Bach gegenüber, still in Sonnenlicht gebadet, sanft stellte jeder Garten seine Farben zur Schau. Sie sei schon eine Zeit lang nicht mehr hier gewesen, sagte die Großmutter, und dann erinnerte sie sich an den Großvater, erzählte, wie sie früher oft zusammen diesen Weg gegangen waren, in jeder Jahreszeit den Beethovengang bezaubernd gefunden hatten. Ob sie sich nicht einsam hier am Wiener Stadtrand gefühlt hätten, fragte er, nachdem sie auf einer Bank im Beethovenpark Platz genommen hatten, und die Großmutter sah zu den nächsten Bäumen, sanft umspielte ein Lächeln ihre Lippen. Nie zuvor seien sie so glücklich gewesen, wie an jenen Tagen, als sie nach Österreich gekommen seien, noch nie hätten beide so viele Pläne gehabt wie damals, als sie hier, hier in Döbling, ihre neue Heimat gefunden hätten, erwiderte sie, und sein Blick wanderte über das Beethovendenkmal, verharrte schließlich am Himmel, an dem eine Vogelschar erschien, gewichtslos und einem Schatten gleich, mit wunderbarer Leichtigkeit den nahen Weingärten entgegenglitt.

Wieder verlangsamte er seine Schritte, sah sich noch einmal um, und da bemerkte er, wie Irena und Hynek ihm zuwinkten, hörte, wie sie seinen Namen riefen, und kaum war er auf sie zugetreten, stellte Irena ihm schon ihre jüngere Schwester Jolana vor, die neben ihr stand. Ob er Wien schön finde, fragte Jolana ihn unvermittelt, und er bejahte, erzählte dann, was er sich in der Stadt ansehen wollte, erzählte, was alles er noch vorhatte. Bald erhoben die ersten Bäume sich vor ihren Augen, und die Alte Donau kam zum Vorschein, herrlich glänzte das ruhige Wasser auf. Sie hätten Glück, heute seien nicht so viele Menschen hier, sagte Jolana unter einem der Bäume, und danach zogen sie sich alle vier aus, sprangen ins Wasser. Wieder am Ufer, setzten sie sich auf ihre Handtücher, und Hynek und Irena erzählten, wie sie hier zuletzt mit ihren Eltern gewesen waren, was alles sie gemacht hatten.

»Seid ihr oft da?«, fragte Martin.

»Nein«, antwortete Hynek. »Es wäre langweilig, immer nur hier zu baden.«

»Die finden es hier offenbar nicht langweilig«, sagte Martin, den Blick auf Männer und Frauen, die nah am Wasser Volleyball spielten.

»Viele von den Leuten hier wohnen in der Gegend und kennen einander«, sagte Hynek.

»Und sie bleiben nur untereinander«, bemerkte Irena.

»Wo badet ihr sonst?«, fragte Martin.

»Am liebsten baden wir in Prag, ich meine, in einem öffentlichen Bad«, erwiderte Irena, und er fragte, in welchem Bad sie in Prag gebadet hätten. Sie antwortete, und er sagte, in dem Bad habe er als Kind auch gebadet, denn er habe die Schule dort in der Nähe besucht.

»Wir kennen die Schule, sie hat uns jedes Mal an unsere Schule hier in Wien erinnert«, sagte Irena strahlend.

»Wir haben nämlich eine tschechische Schule hier in Wien besucht«, sagte Hynek, und zusammen mit Irena und Jolana erzählte er von der Schule, von der Komenský-Schule, an die sie sich so gern erinnerten, erzählte von ihren Freundinnen und Freunden, den Wiener Tschechen, zu denen sie immer noch Kontakte pflegten.

»Ich bin unseren Eltern so dankbar, dass sie uns in die Komenský-Schule gebracht haben«, sagte Irena, und Martin sah sie an.

»Das heißt, wenn du mal Kinder hast, werden sie auch die Komenský-Schule besuchen«, sagte er.

»Nein, denn ich und Hynek, wir haben beschlossen, nach Prag zu ziehen. Unsere Eltern wissen schon Bescheid, und unsere Großeltern in Prag helfen uns bei der Suche nach einer Wohnung und nach einem Job.«

»Wir träumen schon lange davon, nach Prag zu gehen, aber es war unser Geheimnis«, räumte Hynek ein.

»Wir fahren bei jeder Gelegenheit nach Tschechien«, sagte Irena noch, dann erzählten sie beide, was alles sie in Tschechien schon gesehen hatten, erzählten, wo überall sie gewesen waren, was alles sie in Tschechien unternommen hatten. Zärtlich küssten sie einander, standen auf und liefen geradewegs ins Wasser, und Martin wandte sich Jolana zu, fragte, ob sie auch die Absicht habe, nach Prag zu gehen. Ja, sie wolle schon nach Prag, werde bestimmt mal nach Prag ziehen, antwortete sie, und er fragte, ob sie glaube, sie werde Wien nicht vermissen, werde ihre Eltern gar nicht brauchen.

»Ich könnte ja jederzeit nach Wien kommen. Und unsere Eltern fahren gern nach Prag, sie werden mich und Irena oft besuchen kommen.«

»Und deine Freundinnen und Freunde? Wirst du sie nicht vermissen?«

»Die können mich auch besuchen kommen, nach Prag ist es doch nicht so weit.«

»Trefft ihr euch hier in Wien nur mit Tschechen?«

»Meistens schon.«

»Fühlt ihr euch nicht fremd hier?«

»Ich wusste schon als Kind, dass ich Tschechin bin. Und Irena auch.«

»Ihr seid in Wien geboren und aufgewachsen. Wien muss doch eure Heimat sein.«

»Ja, aber wir waren schon als Kinder von Tschechen umgeben.«

»Und eure Eltern? Möchten sie nicht nach Prag zurück?«

»Sie haben schon angedeutet, dass sie vielleicht mal nach Prag zurückkehren.«

»Wann sind sie denn nach Wien gekommen?«

»Gleich nach der Wende, als die Grenzen offen waren. Sie hatten damals von einem neuen Leben geträumt.«

»Und jetzt träumt ihr beide von einem neuen Leben«, sagte er, und sie legte sich auf den Rücken, fragte, was er denn gestern gemacht habe. Er antwortete, und sie sagte, vom Beethovengang habe sie schon mal gehört, doch sei sie noch nie dort gewesen, sei noch nicht dazu gekommen, sich den Beethovengang endlich anzuschauen.

Als die Großmutter ins Wohnzimmer zurückkam, trug sie ein Kleid, ein sonnenblumengelbes, leichtes und luftiges Sommerkleid, und um ihren Hals lag eine silberne Kette, die unablässig glänzte, wunderbar fein war.

»Du hast dich aber hübsch gemacht, das Warten hat sich gelohnt«, sagte er.

»Ich musste das Kleid endlich wieder aus dem Schrank nehmen. Ich habe es zuletzt getragen, als dein Großvater noch gelebt hat. Er hat es mir gekauft. Wir waren damals in einem Geschäft hier in der Nähe, und er hat das Kleid sofort bemerkt. Er bestand darauf, dass ich es anprobiere, und als ich es getan habe, sprach er den Wunsch aus, ich möge es anbehalten. Als er kurz danach gestorben ist, blieb das Kleid im Schrank, ich fand keine Gelegenheit, um es anzuziehen.«

»Der Großvater würde sich freuen, dass du das Kleid wieder trägst«, sagte er, dann begaben sie sich zur Tür, gingen zusammen hinaus. Bald verließen sie die Straße, und langsam schlenderten sie in eine Seitengasse, die zwischen kleinen und alten Häusern lief. Durch das Tor eines der Häuser betraten sie einen Gastgarten, der verborgen im Grünen lag, und am letzten Tisch, der unter einem Baum stand, nahmen sie Platz. Der Gastgarten komme ihm bekannt vor, sagte Martin, den habe er schon mal gesehen.

»In deinem Zimmer hast du ihn gesehen«, sagte die Großmutter, »auf einem von Großvaters Bildern ist er verewigt.«

»Ihr seid bestimmt oft hier gewesen.«

»Ja. Dein Großvater war von dem Gastgarten ganz begeistert.«

»War es hier immer so ruhig?«

»Nein«, antwortete die Großmutter, und sogleich äußerte sie den Wunsch, er würde etwas bestellen. Was er denn bestellen solle? Egal, denn sie wolle eigentlich nur wissen, ob er noch Deutsch könne, erwiderte sie, und eine junge Kellnerin kam. Wo er denn herkomme, fragte die Kellnerin, nachdem er die Bestellung aufgegeben hatte, und ihre Augen, so freundlich funkelnd, glitten neugierig über sein Gesicht. Er antwortete, und sie sagte, Prag sei wunderschön, schon zwei Mal sei sie in Prag gewesen und werde wieder hinfahren. Danach entfernte sie sich, und er sah, wie die Großmutter ihn musterte, still dabei lächelte. Er habe Fortschritte gemacht, spreche ein schönes Prager Deutsch, lobte sie ihn, und auch er lächelte, doch wich er ihrem Blick aus, stellte dann die Frage, ob sein Deutsch überall gut ankomme. Nein, überall komme es nicht gut an, das wisse sie, aus eigener Erfahrung wisse sie das, antwortete sie, und er sah sie an.

»Ich spreche immer noch mit tschechischem Akzent«, setzte die Großmutter fort. »Auch dein Großvater sprach mit tschechischem Akzent. Bis zu seinem Tod hat man in seinem Deutsch gehört, dass er tschechischer Herkunft war. Aber in seinen Bildern blieb das Herz eines Wieners, der seine Heimat liebte. Er war der glücklichste Mensch, wenn er malte oder zeichnete, wenn er all die schönen Farben hier sah, und trotzdem waren seine Augen dabei so seltsam traurig.«

2

Langsam entfernte er sich vom Beethovengang, und bald schon verließ er die Straße, betrat den Friedhof. Sauber und schön war Großvaters Grab, mild glänzte sein Name im Schein der morgendlichen Sonne, und in der Vase, in der schlanken und schlichten Vase, die einsam vor seinem Grabstein stand, leuchteten Farben kleiner Blumen. Verlassen war der Friedhof, vollständig dem Himmel geöffnet, und unablässig drang der Gesang der Vögel in seine Stille. Er blickte zu den Weingärten, die sich hinter dem Friedhof erhoben, dann setzte er sich, öffnete seine Mappe mit Papierblättern und nahm seinen Bleistift, sah wieder Großvaters Grab an.

Als er den Friedhof verließ, versank er in den grünen Tönen der Weingärten, schritt bis zu den nächsten Bäumen, und im Schatten des Laubes öffnete er wieder seine Mappe, wieder nahm er seinen Bleistift. Im Rauschen des Baches, der an den Bäumen vorbeikroch, verharrte er, und reglos betrachtete er den Kahlenberg, der hoch über den Weingärten thronte, nahezu majestätisch zum Himmel emporragte. Sein Handy läutete, und er sah, dass seine Großmutter anrief, doch begrüßte Dorothea ihn, und besorgt klang ihre Stimme, als sie sagte, dass seine Großmutter sich verletzt habe, vor ihrem Haus gestürzt sei, dass seine Großmutter ins Krankenhaus müsse. Die Rettung sei schon unterwegs, sagte Dorothea noch, ehe sie sich vergewisserte, dass er sie verstanden hatte. Er komme gleich, erwiderte er lediglich, und hastig steckte er das Handy ein, lief los. Den ganzen Weg lief er, lief bis zum Haus, doch war der Rettungswagen bereits fort, still und leer lag die kleine Straße. Dorothea wartete an der Haustür, das hellblonde Haar lang wie damals, als er sie das letzte Mal gesehen hatte, und ihre Augen, ihre großen und blauen Augen, sahen ihn unverwandt an. Sie hätte es gewiss geschafft, seine Großmutter ins Krankenhaus zu bringen, hätte seine Großmutter mit ihrem Auto fahren können, doch habe sie schließlich die Rettung gerufen, sagte sie, und er fragte, wie seine Großmutter verletzt sei, ob sie große Schmerzen habe. Sie glaube, seine Großmutter habe eine Gehirnerschütterung erlitten, habe sich die Hand gebrochen, doch man werde sie noch genau untersuchen, antwortete Dorothea und fragte, ob sie ihn ins Krankenhaus fahren solle. Ja, bitte, antwortete er, und sie führte ihn zu ihrem Wagen, ihrem schönen und neuen Sportwagen, der in ihrem Garten stand. Danke, sagte er, nachdem er auf dem Beifahrersitz Platz genommen hatte, und sie startete den Motor, fuhr aus dem Garten. Das sei doch selbstverständlich, das hätte er ja auch gemacht, sagte sie und erzählte, wie sie zufällig seine Großmutter aus dem Fenster gesehen hatte.

»Sie hat mich gebeten, dich anzurufen.«

»Ich war spazieren.«

»Sie wollte zum Supermarkt, weil sie keine Brösel mehr zu Hause hatte«, sagte Dorothea noch, ehe sie vor dem Krankenhaus parkte, und er wurde still, folgte ihr zur Tür. Rasch fand sie heraus, in welche Abteilung seine Großmutter eingeliefert wurde, und als sie beide auf der Bank vor der Ordination Platz nahmen, sagte sie, sie würden sicher bald alle drei wieder zurückfahren, fragte dann, ob Wien ihm immer noch gefalle. Döbling gefalle ihm am besten, antwortete er, und sie lächelte, sagte, Döbling sei der schönste Bezirk, nie würde sie von zu Hause weggehen wollen. Die Tür zur Ordination ging auf, und ein Arzt kam heraus. Seine Großmutter habe sich am Kopf verletzt, werde aber bald wieder gesund, doch dürfe sie trotzdem noch nicht nach Hause, müsse ein paar Tage bei ihnen bleiben. Außerdem habe sie sich die Hand gebrochen, habe noch Schmerzen, müsse sich auch noch beruhigen, zu aufgeregt sei sie. Sobald aber der Gips fertig sei, dürfe er schon zu ihr, fügte der Arzt hinzu, bevor er zum nächsten Patienten eilte, und Martin sagte zu Dorothea, sie brauche nicht zu warten, möge nach Hause fahren. Es tue ihr leid, was passiert sei, aber er könne jederzeit zu ihnen kommen, falls er etwas brauchen würde, bei ihnen sei immer wer zu Hause, sagte sie und stand auf, verabschiedete sich. Es dauerte nicht lange, und die Tür zur Ordination ging abermals auf, und eine Krankenschwester erschien, sah ihn freundlich an und bat ihn herein. Seine Großmutter lächelte, als er sich an ihr Bett setzte, und leise sagte sie, es gehe ihr gut, keine Sorgen brauche er sich um sie zu machen. Warum sie nicht angerufen und gesagt habe, dass sie keine Brösel mehr zu Hause habe, er wäre ja zum Supermarkt gegangen, hätte gern für sie eingekauft. Das Fleisch für die Schnitzel sei schon vorbereitet, nur panieren müsse er das Fleisch, und die Kartoffeln seien fertiggekocht, sagte sie, und er fragte, ob er ihr morgen ein Schnitzel bringen solle. Nein, hier bekomme sie genug zu essen, werde sicher nicht verhungern, antwortete sie, und er sagte, ein so gutes Schnitzel bekomme sie hier aber nicht.

»Du wirst mir ein Schnitzel machen, wenn ich wieder zu Hause bin«, sagte die Großmutter, und er nahm ihre gesunde Hand.

»Ich habe mich so erschrocken, als ich erfahren habe, was passiert ist.«

»Jetzt kannst du endlich ein echtes Wiener Krankenhaus sehen«, sagte die Großmutter, und er strich über ihre Hand. Bis in den Abend blieb er bei ihr, und als er nach Hause kam, rief er seine Eltern an, erzählte, was geschehen war. Kaum hatte er das Handy eingesteckt, läutete die Hausglocke, und Dorothea meldete sich an der Sprechanlage.

»Ich habe deine Mappe im Auto gefunden, sie lag auf der Rückbank, ich habe sie erst bemerkt, als ich aussteigen wollte«, sagte sie dann an der Wohnungstür, und mit besorgter Stimme fragte sie, wie es seiner Großmutter gehe. Er antwortete, und sie reichte ihm die Mappe, fragte, ob er die Brösel schon gekauft habe, und als er verneinte, öffnete sie ihre Handtasche, nahm eine kleine Packung Brösel heraus.

Er trat an ihre Haustür und läutete, und die Erinnerung daran kam ihm, wie er zuletzt an ihrer Tür gestanden war, in ihrem Garten spielte, mit ihr und Heiner, den ganzen Nachmittag hier verbracht hatte. Schritte wurden laut, leichte und schnelle Schritte, und die Tür ging auf, Dorothea sah ihn überrascht an. Er gab ihr eine neue Packung Brösel, und sie sagte, das hätte er nicht machen müssen, fragte dann, ob es seiner Großmutter schon besser gehe. Ja, doch wisse sie noch nicht, wann sie nach Hause dürfe.

»Dass sie ausgerechnet jetzt im Krankenhaus liegt, wenn du in Wien bist.«

»Das hat die Großmutter auch gesagt. Sie war nämlich jahrelang nicht im Krankenhaus.«

»Hast du heute schon was vor?«

»Eigentlich nicht«, antwortete er, und sie fragte, ob er Lust hätte, zum Heurigen zu gehen. Er bejahte, und sie lief in ihr Zimmer hinauf, um sich umzuziehen, und als sie zurückkam, führte sie ihn zum Beethovengang, erzählte, wie sie früher häufig seiner Großmutter draußen auf der Straße begegnet war, mit ihr bisweilen geplaudert hatte.

»In der letzten Zeit treffe ich sie allerdings selten. Ich glaube, sie ist sehr einsam.«

»Meine Eltern haben es schon mehrmals versucht, sie zu überreden, zu uns nach Prag zu ziehen, aber sie will nicht.«

»Ich habe meine Großmutter geliebt. Sie war immer die Erste, die mich getröstet hat, wenn mir etwas nicht gelungen ist oder ich traurig war, und ich habe ziemlich viel von ihr gelernt.«

»Ich erinnere mich an sie.«

»Ich muss dir etwas gestehen«, sagte Dorothea verlegen. »Ich habe in deine Mappe geschaut. Was sind das für Zeichnungen?«

»Ich habe nur versucht, das Zeichnen zu lernen.«

»Das soll ich dir glauben? So zeichnet doch keiner, der das Zeichnen erst lernt. Wie lange zeichnest du schon?«

»Keine Ahnung.«

»Ich kann mich an deinen Großvater erinnern«, sagte sie und erzählte, wie sie ein paar Mal seinen Großvater gesehen hatte, wenn er draußen malte. »Aber ich weiß immer noch nicht, was und wie er gemalt oder gezeichnet hat, ich habe mich nie getraut, ihn zu fragen, ob ich mir seine Bilder anschauen dürfte. Wie schauen sie aus? So wie deine Bilder?«

»Sie sind ähnlich, aber ich habe meinen eigenen Stil«, erwiderte er, und sie erzählte, wie sie einige Male dabei war, das Zeichnen zu lernen, erzählte, wie sie es vergeblich versucht hatte, ein schönes Bild zu schaffen.

»Als ich deine Mappe öffnete, habe ich auf einem Bild das Grab deines Großvaters gesehen, ich meine, ich habe sofort erkannt, dass es sein Grab ist«, sagte sie, als sie am Friedhof vorübergingen. »Unser Familiengrab liegt nur wenige Schritte von ihm entfernt.«

»Der Friedhof ist schön«, sagte er, und da sah er einen Greifvogel, einen Falken, der am Himmel glitt. Auch Dorothea sah den Falken, und leicht verlangsamte sie ihre Schritte, sagte, Falken habe es hier immer gegeben, schon als Kind habe sie ihnen zugeschaut, wenn sie über den Weingärten gekreist seien, so gern habe sie die Falken betrachtet. Ob sie hier oft gewesen sei, fragte er. Als Kind sei sie häufig hier gewesen, später allerdings habe sie nicht mehr so viel Zeit gehabt, habe lernen und in ihrer Pension arbeiten müssen, antwortete sie, und auf dem Weg zwischen den Weingärten hob sie an zu erzählen, was alles sie in ihrer Pension gemacht hatte, wie sehr sie bisweilen beschäftigt war. Ob sie schon die Chefin in ihrer Pension sei? Nein, erwiderte sie, und der Heurige erschien. Sie setzten sich an den ersten Tisch, der unter einem Baum stand, und ein älterer Kellner kam. Lächelnd unterhielt der Kellner sich mit Dorothea, dann brachte er Gläser mit Wein und entfernte sich wieder, und Martin sah zum nächsten Weingarten, der ins Licht des reglosen Himmels gebadet war, friedlich in der abendlichen Wärme schwieg.

Als er das Krankenhaus verließ und zurück nach Hause kam, nahm er das Handy und rief Dorothea an, fragte, ob sie Lust hätte, sich die Bilder seines Großvaters anzusehen, und sie bejahte, stand schon kurz danach an seiner Wohnungstür.

»So habe ich den Falken auch manchmal gesehen, als ich auf dem Weg zum Kahlenberg war«, sagte sie, als sie vor dem ersten Bild stehen blieb, und er sah, wie ihr Blick über das Bild wanderte. Es habe fast immer Trauben bei ihnen zu Hause gegeben, und man habe ihr untersagt, von den Trauben in den Weingärten zu naschen, doch sie habe der Versuchung nicht widerstehen können, habe doch von den Trauben dort draußen genascht, gestand sie vor dem nächsten Gemälde, und er sah, wie sie lächelte, sah, wie aufmerksam sie den Weingarten betrachtete. Auch den Bach habe er gemalt, und immer wieder Bäume, so viele Blumen, sagte sie wie zu sich selbst, und er schwieg, folgte ihr von einem Bild zum anderen.

»Die Bilder sind noch schöner, als ich dachte«, sagte sie, nachdem sie zusammen die ganze Wohnung durchgegangen waren, und er brachte aus dem Schrank im Abstellraum Mappen, große und kleine Mappen, in denen Großvaters Zeichnungen steckten. Er legte die Mappen im Wohnzimmer auf den Boden, kniete sich nieder und öffnete sie, dann sagte er, für Großvaters Zeichnungen gebe es leider keinen Platz mehr in der Wohnung. So viele Details habe er gesehen, so sanft an jedem Bild gearbeitet, als sei er hier geboren und aufgewachsen, sagte Dorothea und kniete sich auch nieder.

»Schade, dass er euer Baumhaus nicht gemalt oder gezeichnet hat«, sagte Martin, und sie lächelte.

»Du hast das Baumhaus nicht vergessen. Ich war schon lange nicht dort.«

»Kann man das Haus überhaupt noch betreten?«

»Magst du hinschauen?«, fragte sie, und eine Weile später brachten sie die Mappen zurück in den Schrank im Abstellraum, gingen hinaus. Dorothea holte von zu Hause die Schlüssel, und auf dem Beethovengang erzählte sie, wie sie mal mit ihren Freundinnen in ihrem Baumhaus gewesen war. Von den Weingärten umgeben, unterhielten sie sich über Großvaters Bilder, und als der Kahlenberg sich über ihnen erhob, überquerten sie den Bach, versanken in dichte Schatten der Bäume und Büsche. Eine Katze kam auf den Weg, und Dorothea setzte sich in die Hocke, streckte ihr die Hand entgegen.

»Wie schön sie ist«, sagte sie, als die Katze zu ihr kam, und sacht berührte sie ihr braunes Fell, strich über ihren Rücken.

»Wahrscheinlich kommt sie aus einem der Häuser hier in der Nähe«, sagte er, und die Katze wandte sich von Dorothea ab, verließ den Weg und begann, mit der Zunge ihr Fell zu putzen, legte sich schließlich ins Gras, wälzte sich herum.

»Sie will wohl meinen Geruch loswerden«, sagte Dorothea, und die Katze kam wieder auf die Beine, lief fort, verschwand im Gebüsch. Lächelnd richtete Dorothea sich auf, und wenige Schritte weiter nahm sie schon ihre Schlüssel in die Hand, öffnete das Pförtchen ihres Gartens. Ob er den Garten hier noch gefunden hätte? Klar, antwortete er und sah den massiven Holztisch mit zwei Bänken an, der vor der kleinen Hütte stand. Auch das Alpinum gebe es noch, murmelte er, und dann verharrte sein Blick auf dem Baumhaus, das herrlich in das sattgrüne Astwerk des größten Baumes gefügt war. Dorothea stieg als Erste zu dem Haus hinauf, und kaum hatte sie die Tür geöffnet, folgte er ihr schon, betrat es angespannt. Er ging durch das Haus, sah sich beide Zimmer an, dann setzte er sich zu ihr an den Tisch und sagte, es habe sich hier wohl nichts verändert. Nein, verändert habe sich das Haus wirklich nicht, stimmte sie ihm zu, stand auf und öffnete die zwei Schränke, die an der Wand dem Tisch gegenüber hingen. Eine Flasche Wein in der Hand, fragte sie, ob er auch ein Glas trinke, und als er bejahte, holte sie zwei Gläser heraus. Jetzt sei ihr klar, warum ihr Großvater hier manchmal ganze Nachmittage verbringe, murmelte sie, ehe sie wieder Platz nahm, und er lachte, sagte, jemand müsse sich doch um den Garten kümmern. Sie würden ihrem Großvater aber eine neue Flasche kaufen müssen, fügte er hinzu, nahm die Flasche und schenkte den Wein in die Gläser. Ob sie hier schon mal übernachtet habe? Mit ihren Freundinnen habe sie hier übernachtet, und damals, in der Nacht, habe es keine Sterne und keinen Mond am Himmel gegeben, stockfinster sei es im Garten gewesen. Und ein Wind sei gegangen, voller Geräusche seien die Bäume hier gewesen, sogar das Rauschen des Baches habe sich plötzlich gespenstisch angehört, sagte sie noch, und er erhob sich, trat ans Fenster, blickte zum Bach hinunter.

»Es muss hier aber schön in der Nacht sein«, sagte er.

»Allein würde ich hier nie über Nacht bleiben.«

»Irgendwie fühlt man sich hier frei.«

»Das hat Heiner auch gesagt«, sagte sie rasch, und da wurde sie still, nahm ihr Glas und trank.

»Meine Großmutter hat mir erzählt, was Heiner passiert ist. Es tut mir sehr leid.«

»Heiner hat es nicht böse gemeint, als er dein Deutsch nachgeahmt hat, du erinnerst dich, damals, in unserem

Garten«, sagte sie mit gesenkter Stimme. »Er war in einem Alter, in dem es viele noch nicht wissen, dass man damit den anderen verletzen kann. Heiner war kein schlechter Mensch.«

»Das weiß ich.«

»Er hat dich damit verletzt, und du wolltest es dir nicht anmerken lassen, aber ich habe es bemerkt.«

»Dass du dich daran erinnern kannst.«

»Ich werde das nie vergessen. Ich habe schon damals ein schlechtes Gewissen gehabt, weil ich einfach nur zugeschaut habe, weil ich dich nicht verteidigt habe.«

»Ich weiß. Ich habe es schon am nächsten Tag gewusst, ich meine, als du mich in den Garten hier mitgenommen hast.«

Ob etwas passiert sei, fragte Dorothea, im Stiegenhaus stehend, nachdem er die Wohnungstür geöffnet hatte, und er lächelte, antwortete nur, es sei alles in Ordnung, dann ließ er sie hereintreten. Seine Großmutter dürfe nach Hause, morgen schon, morgen werde sie aus dem Krankenhaus entlassen, setzte er hinzu, schloss die Tür und fragte, ob sie auch ein Glas Apfelsaft trinke. Sie bejahte, trat zu dem Bild vom Beethovengang, und er ging in die Küche. Was sie denn heute gemacht habe, rief er, während er den Apfelsaft in die Gläser schenkte, doch es kam keine Antwort, Stille herrschte in der Wohnung. Als er ins Wohnzimmer zurückkehrte, war Dorothea fort, und er sah, dass die Tür zu seinem Zimmer offenstand. Geräuschlos trat er an die Tür, spähte hinein und sah, dass sie auf dem Bett saß, ihr Portrait in der Hand hielt. Wann er das gezeichnet habe, fragte sie, und ihr Blick, der ernst und zärtlich zugleich war, verharrte in seinen Augen.

Heute in der Früh, antwortete er und stellte die Gläser mit Apfelsaft auf den Tisch, setzte sich zu ihr.

»Ich möchte es dir schenken«, sagte er, und sie legte das Bild auf den Tisch.

Als er erwachte, stellte er fest, dass er allein im Bett lag. Ihr Kleid, ihr leichtes und tiefblaues Sommerkleid, hing immer noch über die Stuhllehne, draußen dunkelte es bereits. Er blickte zur Tür und machte Anstalten, aufzustehen, als er Schritte vernahm, und da sah er, wie sie ihn anlächelte und auf ihn zukam, rasch zu ihm ins Bett schlüpfte. Ob sie auch geschlafen habe, fragte er, und sie nickte mit dem Kopf, sagte, sie sei erst vor Kurzem aufgewacht, dann kuschelte sie sich an ihn. Sie rieche so wunderbar, sagte er, und ihr Atem, warm und still, glitt über seine Haut. Die Katze gestern habe aber ihren Geruch gar nicht so wunderbar gefunden, sagte sie, und er strich über ihr Haar. Ihr Bein bewegte sich, und sie fragte, ob das damals im Baumhaus sein erster Kuss gewesen sei. Ja, antwortete er leise, und sie sagte, sie habe es sich gedacht. Wo sie es schon damals gelernt habe, so zu küssen, fragte er. Sie habe einmal im Weingarten versteckt einem Liebespaar zugeschaut, und im Fernseher habe sie auch gesehen, wie man küsse, doch damals im Baumhaus, damals sei das ihr erster Kuss gewesen.

3

Als sie zur Haustür kamen, verstummte seine Großmutter und sah sich um, schwieg dann auch im Stiegenhaus. Er öffnete die Wohnungstür und wartete, sah zu, wie sie die Wohnung betrat, dann erst folgte er ihr, machte die Tür zu. Sie sei so froh, wieder daheim zu sein, sagte sie im Wohnzimmer, und ihr Blick glitt über die Bilder an der Wand ihr gegenüber. Schon jetzt fürchte sie den Tag, an dem sie für immer ihre Wohnung werde verlassen müssen, schon mehrmals kam ihr der Gedanke daran, dass sie eines Tages hier nicht mehr werde wohnen können, sagte sie, und er fragte, wie sie denn darauf gekommen sei, wieso sie glaube, sie werde mal ihre Wohnung für immer verlassen müssen. Sie habe im Krankenhaus Menschen gesehen, alte und schwache Menschen, die pflegebedürftig seien und in ein Altersheim müssten, antwortete sie, und er sagte, sie brauche doch keine Angst zu haben, sie bleibe ganz bestimmt hier, nie werde sie ausziehen müssen. Wie er sich da so sicher sein könne, murmelte sie, dann trat sie zu dem Bild mit dem Beethovengang, sah es an und hielt inne, rührte sich nicht von der Stelle. In der vergangenen Nacht habe sie im Krankenhaus nicht einschlafen können, habe sich wieder an den Großvater erinnert, an jene Zeit habe sie zurückgedacht, als sie und der Großvater nach Wien gekommen seien. Sie wünsche sich so sehr, mit ihm noch einmal leben zu können, wolle ihn zurückhaben, wünsche sich von ganzem Herzen, er wäre wieder da, wolle wieder mit ihm zusammen sein. So unverhofft sei er von ihr gegangen, zu früh habe er sie hier allein zurückgelassen. Er habe nicht leiden müssen, sei friedlich eingeschlafen und nicht mehr aufgewacht, aber so schnell habe er sie verlassen und ohne Abschied, völlig unvorbereitet sei sie dagestanden, so einsam sei sie auf einmal gewesen.

»Jetzt bist du wieder zu Hause, und du bist bestimmt hungrig.«

»Hast du etwa gekocht?«, fragte sie, und er bejahte, führte sie in die Küche. Wie schön, sagte sie, als sie das gebratene Huhn sah, und ihr Blick fiel auf den Kartoffelsalat. Ob er den Kartoffelsalat gekauft habe?

»Nein, den habe ich gemacht«, antwortete er, und sie trat an den Tisch, kostete den Kartoffelsalat.

»Der schmeckt wie die Kartoffelsalate bei unseren Heurigen.«

»Ich wollte dich halt überraschen, daher habe ich es schnell gelernt, euren Kartoffelsalat zu machen.«

Er stellte das Wasser ab, stieg aus der Dusche, und in der Wohnung wurde der Staubsauger laut. Hastig trocknete er sich, kleidete sich an, und in der Wohnung wurde es still. Er kam aus dem Badezimmer, sah ins Schlafzimmer, sah ins Wohnzimmer, als er bemerkte, dass die Tür zu seinem Zimmer offenstand. Er trat an die Tür, blickte in das Zimmer und sah, wie seine Großmutter auf dem Stuhl saß, Dorotheas Portrait betrachtete. Auf dem Tisch vor ihr lag die Mappe mit seinen Zeichnungen, auf dem Boden vor dem Tisch stand der Staubsauger.

»Du kannst doch nicht mit einer Hand staubsaugen«, sagte er. »Staubsaugen werde ich hier.«

»Das ist doch Dorothea. Hast du sie gezeichnet?«

»Ja.«

»Wieso hast du mir nicht gesagt, dass du so gern zeichnest?«

»Ich wollte es dir sagen, aber erst später.«

»Wie schön du sie gezeichnet hast. War sie hier?«

»Sie hat es hier vergessen, ich wollte es ihr gerade bringen«, erwiderte er, und sie reichte ihm das Bild, entschuldigte sich, dass sie so neugierig sei, fragte jedoch sogleich, ob sie sich auch die anderen Zeichnungen anschauen dürfe. Klar, antwortete er, und sie fragte, ob sie mit dem

Mittagessen auf ihn warten solle. Nein, antwortete er, nahm den Staubsauger und ging ins Schlafzimmer, und nachdem er mit dem Staubsaugen fertig war, eilte er zu Dorothea. Wo er so lange gesteckt habe, fragte Dorothea an ihrer Haustür, ehe sie ihn hereinbat, und er reichte ihr das Bild, das Portrait von ihr, das sie bei ihm vergessen hatte, sagte dann, seine Großmutter habe es auch schon gesehen.

»Hast du es ihr gezeigt?«

»Nein, sie hat es zufällig in meinem Zimmer gefunden.«

»Und was hat sie gesagt?«, fragte sie, und nachdem er geantwortet hatte, schloss sie die Tür, führte ihn durchs Haus. Groß und prächtig war das Haus, mit elegant zusammengefügtem Mobiliar, seine Wände schmückte Landschaftsmalerei, zarte Stuckatur seine Zimmerdecken. In einem der oberen Zimmer öffnete Dorothea die Tür und hieß ihn hereintreten, und sein Blick wanderte über die weißen und wunderschönen Möbel, die an hellblauen Wänden standen. Er trat an eines der zwei großen Fenster, blickte hinaus, sah auf die Fenster seiner Großmutter. Ob er seine Großmutter sehe? Nein, antwortete er und drehte sich zu ihr, fragte, ob sie schon wisse, was sie heute gern machen möchte. Sie seien beide so furchtbar weiß, hätten mittlerweile ein Sonnenbad dringend gebraucht, gab sie zur Antwort, und er fragte, wo sie denn gern ein Sonnenbad nehmen würde.

»Beim Kahlenberg. Wir nehmen etwas zu trinken und eine Kleinigkeit zu essen mit, und du kannst gern zeichnen, wenn du magst.«

»Nur, wenn du auch zeichnest«, sagte er und sah das schmale Bücherregal an, das neben dem großen Flachbildschirmfernseher stand.

»Aber ich kann nicht zeichnen.«

»Ich habe sowieso keine Zeichenblätter mit.«

»Ich habe welche«, sagte sie und wies auf den Rucksack, der neben einer Stereoanlage auf dem Boden stand. Er kam zu dem Rucksack und öffnete ihn, sah hinein.

»Du hast schon alles eingepackt«, sagte er, dann trat er vor den Spiegel, der an der Wand neben dem großen geschmiedeten Bett hing. Ob sie noch mehr Überraschungen für ihn habe, fragte er, und sie trat von hinten an ihn heran, legte ihre Arme um seine Taille. Ob es ihm bei ihr gefalle, ob er sich hier wohlfühle? Ja, antwortete er, drehte sich zu ihr und fuhr mit den Fingern durch ihr Haar, und kurz danach verließen sie schon das Zimmer. Draußen vor dem Haus hängte er sich den Rucksack um, und Dorothea hob an zu erzählen, wie sie einige Male eine kleine Wanderung gemacht hatte, in den Wald hinter dem Kahlenberg gegangen war. Es habe Tage gegeben, an denen sie Pilze nach Hause gebracht habe, sagte sie dann, als sie an ihrem kleinen Garten mit dem Baumhaus vorübergingen, und er fragte, ob sie glaube, ihr Großvater sei gerade im Garten.

»Nein, sicher nicht, er muss nämlich meiner Mutter in unserer Pension helfen«, erwiderte sie, und bald danach führte sie ihn auf einen Weg, der sehr anstieg, lang und schmal war, zwischen den Weingärten verborgen lag. Zwei Mal machten sie Halt, um die Landschaft zu betrachten, und als sie ans Ende der Weingärten gelangten, verließen sie den Weg und änderten die Richtung, an Bäumen vorbei schritten sie, so lange, bis eine kleine Wiese sich ihren Augen öffnete, das Sonnenlicht wieder erschien. Wortlos nahm Dorothea ihm den Rucksack ab, holte die Wolldecke heraus und legte sie auf den Boden, zog sich bis auf den Bikini aus und brachte den Rucksack zum nächsten Baum, und als sie zurückkam, legte sie sich auf die Decke, sah ihn wartend an. Ein tolles Panorama, sagte er, den Blick auf die Stadt, und sie lächelte. Hier höre man die Stadt gar nicht, sagte sie, und er drehte sich ihr zu, zog sich aus, legte sich zu ihr. Ob Prag auch so schön sei wie Wien, fragte sie. Ja, antwortete er, und sie bat ihn, ihr über Prag zu erzählen. Er sah zum Himmel und schloss die Augen, erzählte über Prag, und als er still wurde, spürte er, wie sie seine Hand nahm, hörte dann, wie sie fragte, ob er schlafe. Nein, murmelte er, und sie fragte, ob ihm vielleicht schon zu heiß sei. Ja, antwortete er, und sie sagte, er könne sich unter dem Baum verstecken, wo ihr Rucksack stehe, dort könne er zeichnen, könne ungestört arbeiten. Nur, wenn sie mitkomme, sagte er, und sie drückte seine Hand, ließ sie los und stand auf, und als sie zusammen zu dem Baum kamen, nahm sie aus dem Rucksack die Flasche mit Fruchtsaft und gab ihm zu trinken, setzte sich und holte die Mappe mit Bleistiften heraus. Er setzte sich zu ihr und begann, den Baum zu zeichnen, der ihnen gegenüberstand, und sie lehnte den Kopf an seine Schulter, sah ihm zu.

»So einfach ist es«, sagte er, als er mit der Zeichnung fertig war, bereitete ein neues Zeichenblatt vor und gab ihr die Mappe, gab ihr den Bleistift.

»Also ich finde es gar nicht einfach.«

»Ich werde dir doch helfen«, sagte er, dann zeichneten sie zusammen, zeichneten den ganzen Baum. Sie nahm ein neues Blatt, zeichnete den Baum ganz allein, und anschließend holte sie ihre Sachen, sagte, er möge sich anziehen, danach führte sie ihn in einen dichten Schatten alter und großer Bäume, öffnete ein Eisentor und betrat einen kleinen, von Büschen überwucherten Waldfriedhof.

Gräber mit Grabdenkmälern, darunter welche aus der Biedermeierzeit, erhoben sich vor ihren Augen, gedämpft und schwach drang das Licht des Himmels durch die Baumkronen, und eine Stille, eine seltsam schwere Stille, umgab sie. Hier liege ein Mädchen, das einst das schönste Mädchen von Wien gewesen sei, im Jahr 1815 sei es hier begraben worden, einundzwanzig sei das Mädchen erst gewesen, sagte Dorothea, als sie an einem der Gräber vorbeischritten, und langsam ging sie weiter, schritt bis ans Friedhofsende, dann öffnete sie wieder ihre Mappe, und seine Aufmerksamkeit zog ein Mausoleum auf sich, ein schlichtes und kühles Mausoleum, vor dem ein Strauß kleiner Wiesenblumen lag.

Mit wem er denn gesprochen habe, fragte seine Großmutter, als er an der Küchentür stehen blieb, und er antwortete, er habe mit Dorothea telefoniert, sagte dann, er gehe gleich hinaus. Aber das Frühstück sei schon fertig. Das Frühstück habe er völlig vergessen, sagte er, und sie fragte, ob er sich mit Dorothea treffe. Ja, antwortete er, und sie sagte, sie werde ihm das Frühstück einpacken, auch für Dorothea werde sie ihm etwas zum Frühstück mitgeben, dann fragte sie, wo er gestern mit Dorothea gewesen sei, was sie gemacht hätten. Er antwortete, und sie blickte zum Fenster, sah hinaus und sagte, sie sei immer wieder mit dem Großvater spazieren gegangen, und wenn es draußen warm gewesen sei und der Großvater gezeichnet habe, lag sie auf der Decke, nahm ein Sonnenbad oder las ein Buch, schlief manchmal ein. Der Großvater habe sich so gewünscht, sie würde das Zeichnen lernen, und sie habe es ein paar Mal sogar versucht, doch habe sie es stets wieder aufgegeben, habe ihn enttäuscht.

»Ich glaube nicht, dass du ihn enttäuscht hast, er hat sich bestimmt gefreut, dass du versucht hast, das Zeichnen zu lernen«, sagte Martin, und sie reichte ihm das eingepackte Frühstück.

»Warte noch«, sagte sie halblaut und verließ die Küche, und als sie zurückkam, zeigte sie ihm ein altes eingerahmtes Bild, auf dem ihr Portrait gezeichnet war.

»So jung warst du«, sagte er und nahm das Bild. »Wo hast du das Bild gehabt?«

»Im Schlafzimmer, in meinem Schrank, es wurde nur für mich gezeichnet, aber es stimmt mich jedes Mal traurig, wenn ich es sehe.«

»Hat der Großvater es in seinem Zimmer gezeichnet?«, fragte Martin, und sie nickte mit dem Kopf, nahm ihm das Bild aus der Hand.

»Aber du und Dorothea, wie soll es denn weitergehen?«, sagte sie ernst. »Sie kommt aus ganz anderen Verhältnissen, und sie würde nie aus Wien weggehen. Und für dich gibt es in Prag eine Zukunft. Machst du dir denn gar keine Gedanken darüber?«

»Danke für das Frühstück«, sagte er und verabschiedete sich von ihr, eilte hinaus. Rasch fand er die Pension, und kaum hatte er die Tür geöffnet, sah er schon, wie Dorothea ihm von der Rezeption her freudig zuwinkte. Sie strich mit beiden Händen über seine Wangen, strich auch über seinen Nacken, und er fragte, ob sie schon gefrühstückt habe. Seine Großmutter habe nämlich ein Frühstück für sie beide gemacht, sagte er dann in der kleinen Küche hinter der Rezeption, und Dorothea sah ihn überrascht an, fragte, wie seine Großmutter es nur mit einer Hand geschafft habe. Nach dem Frühstück führte sie ihn durch die Pension, die hell und geschmackvoll eingerichtet war, und als sie an die Rezeption zurückkamen, erzählte sie, wie sie als Kind hier gespielt hatte. Die Haustür ging auf, ein älterer Mann und eine jüngere Frau traten herein, und Dorothea unterhielt sich mit ihnen, unterhielt sich mit ihnen auf Französisch, und nachdem das Paar das Foyer verlassen hatte, wandte sie sich Martin wieder zu, sagte, das Paar komme aus Bordeaux. Als Kind habe sie den fremden Sprachen hier gern gelauscht, und als sie größer geworden sei, habe sie sich gewünscht, viele der Sprachen zu beherrschen, sagte sie, und die Tür ging abermals auf, eine alte Frau, eine Spanierin, betrat das Foyer. Noch zwei Gäste kamen herein, und als Dorothea sich wieder an ihre Kindheit erinnerte, erschien ihr Großvater an der Tür. Er komme, um sie abzulösen, murmelte der Großvater, und sie lachte, trat an ihn heran und schloss ihn in die Arme.

Er setzte sich auf die Bank, sah zu den Bäumen um ihn herum, und sein Blick verharrte auf den Kindern, die mitten im Park auf einem Spielplatz spielten. Sanft legte er seine Mappe auf seinen Schoß, und langsam öffnete er sie. Über den ganzen Park tönten die Stimmen der Kinder, Freude lag in jedem ihrer Gelächter, und unablässig drangen Fremdsprachen in ihr Deutsch. Sein Handy läutete. Sie habe frei bekommen, müsse heute nicht arbeiten, teilte Dorothea ihm mit, und sogleich fragte sie, ob er zu Hause sei, fragte dann, was er mache. Er antwortete, und sie fragte, was er denn zeichne.

»Sag ich nicht.«

»Darf ich zu dir?«

»Beeil dich«, gab er zur Antwort, und bald schon sah er, wie sie den Park betrat, sah, wie sie lächelte, ihre Schritte beschleunigte, rasch auf ihn zukam.

»Du hast den Park hier nicht vergessen«, sagte sie, setzte sich zu ihm und blickte zu dem Spielplatz, und er sah auf das Päckchen, das sie mitbrachte, legte seine Mappe ab. Fast unverändert wie damals, sagte er, und sie fragte, ob er schon lange da sei. Nein, nicht lange, antwortete er, und sie sah auf seine Mappe, öffnete dann das Päckchen. Eine Biskuitrolle, in Scheiben geschnitten, trat zutage, und er lächelte, sagte, die habe er auch nicht vergessen. Das glaube sie, sagte sie und wurde still, und er sah sie von der Seite verstohlen an, sah, dass sie ernst war, sich offenbar mit Gedanken beschäftigte. Worüber sie denn nachdenke, fragte er schließlich, nachdem sie zusammen die Biskuitrolle verzehrt hatten, und sie blickte zu den Kindern, sagte, sie könne sich immer noch an den Tag erinnern, als er dabei gewesen sei, zurück nach Prag zu fahren.

»Ich war damals zufällig draußen im Garten, und als ich dich bemerkte, habe ich mich sofort versteckt«, setzte sie fort. »Dann habe ich gesehen, wie du dich von deiner Großmutter verabschiedet hast und mit deinen Eltern ins Auto gestiegen bist. Auch meine Mama hat dich gesehen, sie saß nämlich im Garten. Sie hat mich gefragt, warum ich mich denn verstecke, aber ich habe ihr keine Antwort gegeben und bin ins Haus gegangen.«

»Und kannst du dich erinnern, wie du mich hier auf dem Spielplatz mit dem Ball ins Gesicht getroffen hast?«, fragte er, und sie lächelte.

»Es war doch keine Absicht.«

»Ihr habt alle gelacht, und ich kam mir vor wie ein Idiot. Mein Deutsch war ziemlich schlecht, und in dem Augenblick konnte ich einfach kein deutsches Wort finden, konnte nicht einmal auf deine Frage antworten, ob es wehgetan hat.«

»Aber du hast ja den Kopf verneinend geschüttelt.«

»Daran kann ich mich gut erinnern. Es gibt Augenblicke im Leben, die man wohl nie vergisst.«

»Mein Großvater war gestern überrascht, wie gut du Deutsch sprichst.«

»Hat er das wirklich gesagt?«

»Ja, als ich heimkam, er war gerade mit meiner Mutter im Wohnzimmer.«

»Wir müssen ihm den Wein kaufen.«

»Das machen wir noch heute, denn er hat gefragt, ob wir Lust hätten, am Abend mit ihnen zu grillen«, sagte sie und sah wieder auf seine Mappe, fragte, was er denn gezeichnet habe. Er öffnete die Mappe, und sie nahm das Bild heraus, sah es an. Sie blickte zu dem Spielplatz, dann sah sie das Bild wieder an.

»Du hast die Kinder so schön gezeichnet, sie sind lustig und richtig entzückend, aber dem Bild haftet trotzdem etwas Trauriges an«, sagte sie und legte das Bild zurück in die Mappe, blickte noch einmal zum Spielplatz. Er sah, wie ein kleines Lächeln auf ihre Lippen trat, und als er ihrem Blick folgte, sah er zwei Mädchen, die sich abseits der Kinder aufhielten, am Rand des Spielplatzes Tanzschritte einander vorführten. Wann sie denn zuletzt getanzt habe, fragte er, und sie antwortete, es sei schon ein Jahr her, als sie zuletzt getanzt habe, an Großvaters Geburtstag habe sie getanzt.

»Der Großvater war wieder so still, daher wünschte ich mir, er würde mit mir tanzen«, fuhr sie fort. »Als meine Mutter dann gemeint hat, wir würden uns wie Kinder benehmen, hat er verstimmt gesagt, dass es an der Zeit wäre, Kinder ins Haus zu bringen.«

»Ich finde deinen Großvater sehr nett.«

»Du wirst dich auch mit meiner Mutter gut verstehen«, sagte Dorothea, und wie nebenbei fügte sie hinzu, die Biskuitrolle habe ihr die Mutter mitgegeben. Ob er ein bisschen spazieren möchte, fragte sie, und danach verließen sie den Park, schritten den Beethovengang entlang und unterhielten sich, dachten wieder an jene Zeit zurück, als sie noch Kinder waren. Etwas steche sie in den Fuß, klagte Dorothea plötzlich, als sie am Beethovendenkmal vorbeigingen, und sie setzten sich auf den Rasen. Sie zog ihren Schuh aus, und er nahm ihren Fuß, legte ihn auf seinen Schoß und entfernte den Grashalm, der zwischen ihren Zehen steckte. Warum er jedes Mal nur zeichne, warum er keine Farben verwende, fragte sie und stieg wieder in ihren Schuh, und er antwortete, er werde schon bald malen, werde nur mehr malen, alle Farben werde er verwenden. Hier in Wien? Ja, doch müsse er zuerst nach Prag, müsse seine Sachen holen. Sie fahre mit ihm nach Prag, lasse ihn nicht allein, fahre mit ihm wann immer er wolle. Ob sie aber vorher noch Lust hätte, zum Baumhaus zu schauen, fragte er, und beide gleichzeitig standen sie auf.

Die Stille des alten Schattens

1

Noch einmal drehte Michaela sich dem Waschbecken zu, noch einmal sah sie in den Spiegel, und reglos blieb sie stehen, betrachtete ihr Gesicht. Sie strich über ihr Haar, ihr langes und brünettes Haar, sah, wie es rein glänzte, dann band sie es nach hinten, verließ das Badezimmer. Im Wohnzimmer knöpfte sie ihre Bluse zu, stieg in ihren Rock und trat auf den Balkon, sah zum Himmel, sah auf die Dächer der umliegenden Häuser, die ganz still waren, im Schein der großen Sonne schwiegen. Gelächter wurde laut, und sie blickte in den Hof hinunter, sah, wie im Schatten des Baumes zwei Kinder liefen, ein Mädchen und ein Bub, fröhlich miteinander spielten. Sie warf einen Blick auf ihre Uhr, drehte sich um und kehrte ins Wohnzimmer zurück, griff nach ihrer Handtasche, als ihr Handy läutete. Daniela war dran, ihre jüngere Schwester, sie fragte, wie die erste Nacht in der neuen Wohnung gewesen sei. Schön, sehr schön sogar sei die Nacht gewesen, antwortete Michaela und vernahm im Hintergrund die Stimme der Mutter, hörte, wie die Mutter sie begrüßte.

»Ruf bitte an, wenn du etwas brauchst«, sagte die Mutter.

»Ich habe doch alles, was ich brauche, dank euch«, sagte Michaela, kam ins Vorzimmer und stieg in ihre Schuhe, erzählte der Mutter, dass sie die neuen Fenstervorhänge bereits gestern in der Nacht aufgehängt hatte, ganz schnell damit fertig war. Sie müsse jetzt zur Arbeit, rufe sie aber abends an, sagte sie noch und steckte das Handy ein, öffnete die Wohnungstür, und die Nachbarin begrüßte sie, die gerade dabei war, ihre Tür aufzuschließen. Freundlich fragte die Nachbarin, ob sie schon eingezogen sei, und Michaela bejahte, sagte, sie freue sich so sehr über die Wohnung, habe es kaum erwarten können, endlich einziehen zu dürfen. Sie habe sich auch gefreut, als sie ihre Wohnung bekommen habe, zehn Jahre schon wohne sie hier und würde nicht tauschen, sagte die Nachbarin und stellte sich vor, bat sie sogleich, sie zu duzen.

»Darf ich fragen, wie alt du bist?«, fragte die Nachbarin danach.

»Neunundzwanzig.«

»Genau wie ich damals, als ich hier eingezogen bin. Sag, ich habe zufällig durch deine Tür gehört, wie du gesprochen hast. Was war das für eine Sprache?«

»Das war Tschechisch. Ich habe mit meiner Schwester und meiner Mutter telefoniert.«

»Lebt deine Familie in Tschechien?«

»Nein, in Wien, ich und meine Schwester, wir sind hier geboren«, erwiderte Michaela und sagte, sie habe es leider eilig, und so schnell sie den Fahrstuhl betrat, stieg sie im Erdgeschoß aus. Da überraschte ein Mann sie, ein junger und blonder Mann, der im Rollstuhl saß, sehr schlank war, in ihrem Alter sein mochte. Seine Papiertasche war gerissen, und am Boden vor seinem Rollstuhl lagen Lebensmittel. Sie begrüßte den Mann, doch er schwieg, unerwidert ließ er ihren Gruß, und ohne sich zu rühren, starrte er sie an.

»Ich helfe Ihnen«, sagte sie, nahm aus ihrer Handtasche eine Stofftasche und ging in die Hocke, begann, die Lebensmittel aufzusammeln. Verstohlen blickte sie wieder zu dem Mann, sah auf sein T-Shirt und auf seine Jeans, und bemerkte, dass die Hälfte seines rechten Beins fehlte. Auch sah sie, dass an seinem Rollstuhl zwei Krücken befestigt waren, dann richtete sie sich auf, blickte in seine Augen und lächelte.

»Das ist nett«, sagte der Mann, immer noch ernst, und sie fragte, in welchem Stockwerk er wohne. Im ersten, antwortete er, und sie sagte, sie fahre mit ihm hinauf, dann stieg sie in den Fahrstuhl. Er bringe ihr die Tasche gleich zurück, murmelte der Mann an seiner Wohnungstür, doch sie sagte, sie könne nicht mehr warten, hole die Tasche ein andermal, und hastig stieg sie in den Fahrstuhl. Als sie aus dem Haus kam, beschleunigte sie noch ihre Schritte, und in der nächsten Gasse fing sie an zu laufen, bis zur Einkaufsstraße lief sie, ging dann schnell zu ihrem Geschäft. Sie nahm die Schlüssel heraus, schloss die Tür auf und öffnete das Geschäft, und kaum hatte sie die Verkaufsfläche betreten, kam schon ein altes Paar herein. Sie stellte sich an die Kassa und wartete, sah zu, wie der Mann und die Frau die ausgestellten Süßigkeiten betrachteten, hörte, wie sie miteinander sprachen, beide die alten Möbel bewunderten. Da läutete ihr Handy, und Şenay, ihre neue junge Kollegin, war dran, grüßte und fragte, ob sie morgen Zeit hätte, ob sie morgen ihren Dienst übernehmen könne. Sie habe mit der Chefin schon gesprochen, die Chefin wisse Bescheid und sei einverstanden, fügte sie hinzu, und Michaela fragte, wann sie denn mit Nora gesprochen habe. Vor Kurzem, vor ein paar Minuten habe sie mit ihr gesprochen, habe sie halt angerufen und gefragt, antwortete Şenay, und Michaela hörte, wie ihre Stimme bebte, wie unruhig sie war. Klar, das mache sie doch gern, sagte Michaela, und Şenay bedankte sich, erzählte, dass ihr Bruder Vater geworden sei und die ganze Familie feiern werde, alle schon völlig aufgeregt seien. Ob es ein Mädchen oder ein Bub sei? Ein Bub, antwortete Şenay, und Michaela sah, wie der Mann und die Frau auf sie zutraten, beide sie ansahen, freundlich dabei lächelten. Sie verabschiedete sich von Şenay, steckte das Handy ein, und die Frau legte ein Päckchen mit Kakaomandeln auf das Kassapult, sah sich noch einmal um und sagte, das Geschäft sei wunderschön, richtig elegant sei es, sofort merke man, dass man ein echtes Wiener Süßwarengeschäft betreten habe.

Sie kam in den Gastgarten und sah sich um, langsam wanderte ihr Blick über die Gäste, und da fand sie schon Daniela, sah, wie sie allein an einem Tisch saß, ihr still zuwinkte. Was denn so wichtig sei, was für eine Überraschung sie diesmal für sie habe, fragte Michaela, ehe sie am Tisch Platz nahm, doch Daniela lächelte nur, rief den Kellner und ließ Eiskaffee bringen, dann erst erzählte sie, wie sie gestern ausgegangen war, einen Mann bei einer Geburtstagsfeier kennengelernt hatte. Wann sie ihn wiedersehen werde? Morgen, antwortete Daniela, schon jetzt sei sie aufgeregt, an nichts anderes könne sie denken, völlig durcheinander sei sie. Was er denn mache, ob er auch studiere, fragte Michaela, und Daniela antwortete, er sei mit dem Studium schon fertig, habe Pädagogik studiert, arbeite jetzt in einem Büro. Ob sie es schon zu Hause erzählt habe? Nein, noch nicht, antwortete Daniela, und Michaela fragte, wie lange sie gestern mit ihm aus gewesen sei. Bis zur Mitternacht hätten sie miteinander geplaudert, bis zu ihrer Haustür habe Filip sie begleitet, so lieb habe er sich von ihr verabschiedet, so sanft sei er gewesen. Ob sie mit ihm etwa allein gewesen sei, fragte Michaela, und eine der zwei Frauen unterbrach sie, die am benachbarten Tisch Platz nahmen.

»Sprechen Sie Deutsch?«, fragte die Frau, und Michaela sah sie an, lächelte. Ja, antwortete Michaela lediglich, und auch die Frau lächelte, wies dann auf den freien Stuhl, der neben Daniela stand. Ob sie den Stuhl haben dürfe, fragte die Frau, und Daniela reichte ihr den Stuhl. Michaela sah, wie ein Mann zu den Frauen kam und auf dem Stuhl Platz nahm, dann wandte sie sich Daniela zu und fragte, fragte wieder auf Tschechisch, ob ihr neuer Freund ihr etwas über sich erzählt habe. Ja, als sie gestern draußen auf der Straße gewesen seien, habe er über sich erzählt, und sie habe es so lustig gefunden, habe sogar lachen müssen.

»Wieso?«

»Weil wir dann nur mehr tschechisch miteinander gesprochen haben.«

»Er kann sogar Tschechisch«, sagte Michaela wie zu sich selbst, und Daniela lachte.

»Ja, stell dir vor. Seine Eltern sind mal als Flüchtlinge nach Österreich gekommen, aber er ist schon in Österreich geboren.«

»In Wien?«

»Nein, in Melk.«

Sie öffnete die Wohnungstür, blickte ins Stiegenhaus und wartete, und als ihre Mutter aus dem Fahrstuhl trat, lächelte sie und kam auf sie zu, nahm ihr eine der zwei Taschen ab.

»Das nächste Mal werde ich aber mit dir einkaufen gehen, ob du es willst oder nicht«, sagte Michaela und kehrte in die Wohnung zurück.

»Ich wollte nicht mehr länger warten, du brauchst hier dringend Blumen«, sagte die Mutter, und zusammen gingen sie auf den Balkon, nahmen die Blumen aus den Taschen und steckten alle in einen der Blumenkästen, die am Balkongeländer befestigt waren. Der Vater habe zu einem seiner Bekannten müssen, doch bald komme er schon vorbei, bringe die restlichen Blumen, sagte die Mutter noch, und Michaela bat sie, Platz am Tisch zu nehmen, dann brachte sie Kaffee und Kuchen aus der Küche.

»Jetzt kann hier niemand reinschauen, jetzt kannst du auch im Bikini hier sitzen, kannst ungestört lesen oder ein Sonnenbad nehmen«, sagte die Mutter, und Michaela setzte sich.

»Die Blumen haben den Balkon belebt«, sagte Michaela, und ein kleines Lächeln umspielte ihren Mund.

»Ich habe vorhin deine Nachbarin kennengelernt«, sagte die Mutter. »An der Haustür. Sie wollte gerade aus dem Haus, und dabei hat sie deine Stimme an der Sprechanlage gehört. Sie hat mir die Tür gehalten, und als ich mich bei ihr bedankte, hat sie mich gefragt, ob ich vielleicht deine Mutter bin.«

»Sie scheint nett zu sein.«

»Übrigens, Daniela hat uns auch schon erzählt, dass sie jemanden kennengelernt hat.«

»Hoffentlich wird sie nicht enttäuscht.«

»Ich weiß, was du meinst, aber alle Männer sind nicht gleich.«

»Ich habe mich damals genauso gefreut.«

»Du hast einfach Pech gehabt. Und ich kann mir vorstellen, wie sehr es schmerzt, wenn man schon in der ersten Liebesbeziehung schlechte Erfahrung macht.«

»Ich möchte nur, dass Daniela vorsichtig ist. Sie kennt ihn doch kaum.«

»Und du kennst ihn schon gar nicht, daher darfst du nicht gleich skeptisch sein. Ich habe euch beiden ja erzählt, wie meine Eltern skeptisch waren, als ich euren Vater kennengelernt habe. Sie haben sogar Andeutungen geäußert, dass ich mal unglücklich sein könnte. Euer Vater hat zusammen mit seinen Freunden viele Dummheiten gemacht, aber so sind halt manche Burschen. Er kam aus einer zerrissenen Familie, und die Leute im Dorf haben gemeint, dass er genau wie sein Vater ist. Aber er hat nie getrunken, war nie gewalttätig. Meine Eltern waren ihm gegenüber misstrauisch, umso mehr aber haben sie sich gefreut, als sie erkannt haben, dass ihre Vorurteile ihm gegenüber falsch waren.«

»Oma und Opa haben Angst um dich gehabt, deswegen waren sie dem Papa gegenüber misstrauisch, und ich habe jetzt Angst um Daniela«, sagte Michaela, und die Mutter trank ihren Kaffee aus.

Der Regen setzte ein, und Michaela querte die Straße, versteckte sich unter dem Dach einer Bushaltestelle. Den Blick in die Weite der Straße, wartete sie, öffnete schließlich ihre Handtasche und nahm ihr Handy heraus, rief ihre Großmutter an. Wie es ihr gehe, wann sie wieder nach Wien komme, fragte sie, als sie Großmutters Stimme hörte, und ihr Blick wanderte über die Straße, die ins Licht des grauen Himmels getaucht war. Es gehe ihr gut, doch habe sie nicht mehr die Kraft, um nach Wien zu kommen, antwortete die Großmutter, und Michaela fragte, ob sie sich denn nicht einsam fühle. Sie lebe seit vielen Jahren allein, habe sich daran bereits gewöhnt, doch ganz allein sei sie nicht, habe ja eine Familie in Wien, eine so nette Familie, die sie manchmal besuchen komme, habe so liebe Enkelinnen. Wien habe ihr doch jedes Mal so gefallen, sogar bei Regen habe sie die Stadt schön gefunden, und Mama und Papa würden sie mit ihrem Auto abholen, so wie jedes Mal, würden sie dann wieder heimbringen.

»Und diesmal könntest du bei mir wohnen«, fügte Michaela hinzu und erzählte der Großmutter von ihrer neuen Wohnung, erzählte, wie sie und ihre Mama den Balkon mit Blumen geschmückt hatten. Als der Regen schwächer wurde, verabschiedete sie sich von der Großmutter, und schließlich verließ sie die Haltestelle, betrat die nächste Gasse. Kurz vor ihrem Wohnhaus öffnete sie wieder ihre Handtasche, und rasch holte sie die Schlüssel heraus, dann sah sie den jungen blonden Mann, sah, wie er in seinem Rollstuhl neben der Haustür saß, nachdenklich vor sich hinschaute. Er sei wohl auch von dem Regen überrascht worden, sagte sie, den Blick auf sein nasses Haar, und er drehte den Kopf zu ihr, sah sie mit regloser Miene an.

»Ich schaue manchmal hinaus, wenn es regnet«, sagte er. »Ich würde Ihnen gern Ihre Tasche zurückgeben.«

»Es muss nicht sofort sein.«

»Ich wollte sowieso schon nach Hause«, sagte er, und sie betrat das Haus, hielt ihm die Tür und wartete, sah zu, wie er ins Stiegenhaus rollte. Ob sie jemanden im Haus besuche, fragte er dann im Fahrstuhl. Nein, sie wohne hier. Wann sie denn eingezogen sei, in welchem Stockwerk sie wohne, fragte er, und sie antwortete, folgte ihm aus dem Fahrstuhl, wartete vor seiner Wohnungstür. Ob er ganz allein lebe, fragte sie, als er wieder erschien, und er bejahte, sagte, er komme gut zurecht, dann reichte er ihr die Tasche, bedankte sich für ihre Hilfe. Sie wünschte ihm einen schönen Tag, und als sie nach Hause kam, machte sie sich ans Kochen, doch musste sie feststellen, dass der Herd sich nicht einschalten ließ, offenbar defekt war. Mehrmals noch versuchte sie, den Herd einzuschalten, doch gab sie schließlich auf und griff nach ihrem Handy, rief ihren Vater an. Ja, er habe Zeit, ganz zufällig habe er Zeit, sagte ihr Vater, und sie hörte an seiner Stimme, dass ihr Anruf ihm gewisses Vergnügen bereitete, und als er an ihrer Wohnungstür stand, sah sie, wie er sich bemühte, das Lächeln zu unterdrücken. Sie brauche keine Angst zu haben, werde bald wieder kochen können. Und wenn nicht? Dann werde er sie zum Essen einladen müssen, gab er zur Antwort, ging zum Herd und öffnete seine Werkzeugtasche, machte sich an die Arbeit. Auch sie hockte sich hin, und während er arbeitete, schaute sie ihm zu, schaute ihm genauso zu, wie sie es schon als kleines Mädchen getan hatte, und er lächelte, blickte immer wieder verstohlen zu ihr. Das nächste Mal werde sie den Herd allein reparieren können, werde es ganz bestimmt schaffen, sagte er, als der Herd sich wieder einschalten ließ, und sie lächelte. Sie fürchte, das würde sie nicht schaffen, sagte sie, und er schloss sie in die Arme, lachte und ließ sie los, strich ihr über die Schulter. Sie schaffe alles, und Daniela schaffe auch alles, er sei so stolz auf sie beide, das sei er schon immer gewesen, habe sie so lieb. Sie habe ja das Studium erfolgreich abgeschlossen, setzte er fort, und Daniela werde schon bald fertig studieren, das habe er nicht geschafft, selbst ihre Mutter habe das nicht geschafft. Weil sie es damals, als sie noch jung gewesen seien, viel schwieriger im Leben gehabt hätten, beide ja ganz neu in einem fremden Land hätten anfangen müssen, sagte Michaela, und der Vater unterbrach sie, fragte rasch, was sie denn kochen werde, fragte, ob sie auch schon so hungrig sei.

Sie kaufe jedes Mal so viel ein, wenn sie in Wien sei, jedem Enkelkind müsse sie ein Geschenk bringen, keines von den Kindern dürfe sie vergessen, sagte die alte Frau, als sie zur Kassa kam, und Michaela fragte, wo sie denn zu Hause sei. Sie komme aus der Steiermark, antwortete die Frau, und nannte den Namen eines Dorfes, das Michaela aber nicht kannte. Schön sei es bei ihr zu Hause, fuhr die Frau fort, aber Wien finde sie auch schön, schon immer habe sie Wien gemocht. Als ihr Mann noch gelebt habe, hätten sie sogar überlegt, nach Wien zu ziehen, beinah schon seien beide nach Wien gegangen, doch seien sie schließlich zu Hause geblieben. Auch ihr Mann habe Wien gemocht, auch er die Wiener nett und freundlich gefunden, so gern habe er mit den Wienern geplaudert, sagte die Frau und fragte Michaela, ob sie in Wien geboren sei, ob sie Wienerin sei. Ja, sie sei in Wien geboren, antwortete Michaela, und die Frau sagte, dass man das nicht nur sehe, sondern auch höre, dass sie es sich gleich gedacht habe, und da ging die Tür auf, Şenay kam herein.

»Das ist meine Kollegin, sie ist auch Wienerin, ist auch in Wien geboren«, sagte Michaela, und Şenay lächelte, trat an die Frau heran und begrüßte sie. Überrascht erwiderte die Frau ihren Gruß, sah aber wieder Michaela an und sagte, sie müsse los, habe es eilig, danach verließ sie das Geschäft, und Şenay nahm ihr Handy heraus, wandte sich zu Michaela und zeigte ihr ihren Neffen, zeigte ihr alle Bilder, die sie zuletzt gemacht hatte.

»Unsere Eltern fliegen nächste Woche nach Izmir, dort werden sie weiterfeiern«, sagte sie, nachdem sie das Handy eingesteckt hatte. »Wir haben nämlich ein Haus in Izmir. Unsere Eltern werden sicher alle ihre Freunde einladen.«

»Und wer wohnt in dem Haus, wenn ihr alle in Wien seid?«

»Niemand, es steht leer. Meine Mama ist in dem Haus geboren und aufgewachsen, sie würde sich nie davon trennen können. Für mich und meinen Bruder ist das Haus in Izmir unser zweites Zuhause, so war es immer, so war es schon damals, als unsere Großeltern noch gelebt haben.«

»Haben eure Eltern nie darüber nachgedacht, nach Izmir zurückzukehren?«

»Sie haben mir und meinem Bruder mal erzählt, dass sie zwar unbedingt nach Österreich wollten, aber dass sie trotzdem schon damals wussten, dass Österreich nie zu ihrer Heimat wird. Und je älter sie werden, umso häufiger fliegen sie nach Izmir. Aber sie haben noch nie darüber gesprochen, dass sie in Izmir bleiben möchten.«

»Ihr kennt hier bestimmt viele Türken.«

»Ja, und Vaters Geschwister leben auch hier mit ihren Familien.«

»Und die Geschwister deiner Mutter, die leben nicht hier?«

»Meine Mama hat keine Geschwister.«

»Fliegen die Geschwister deines Vaters auch oft mit ihren Familien nach Izmir?«

»Klar, sie freuen sich jedes Mal genauso wie wir«, antwortete Şenay und hob an zu erzählen, wie sie zuletzt in Izmir gewesen war, was alles sie dort mit ihren Freundinnen und Freunden gemacht hatte.

Als Michaela zum Supermarkt kam, bemerkte sie den Mann im Rollstuhl, sah, wie er mit Kindern spielte, still und leicht dabei lächelte, sah, wie sanft dabei seine Augen funkelten. Sie sah noch, wie er einem kleinen und dunkelhäutigen Buben einen Ball zuwarf, dann begrüßte sie ihn schon, betrat den Supermarkt. Doch als sie später wieder hinauskam, die Einkaufstasche in der Hand, war der Mann allein, ganz allein stand er auf der Straße, und seltsam starr in die Stille der umliegenden Häuser getaucht, lächelte er nicht mehr. Sie könne ihre Tasche hinten an seinen Rollstuhl hängen, er habe sowieso schon heimfahren wollen, sagte der Mann, und sie blieb stehen. Hängte die Tasche an seinen Rollstuhl und fragte, ob sie ihn schieben solle. Nein, das sei nicht nötig, erwiderte er, und auf dem Weg zum Haus erzählte er, dass er hier in dem Supermarkt schon als Kind eingekauft hatte.

»Darf ich Sie auf einen Kaffee einladen?«, unterbrach Michaela ihn im Haus. »Ich habe eine neue Kaffeemaschine.«

»Ja«, antwortete er nur, und schweigend folgte er ihr, nahezu geräuschlos rollte er in ihre Wohnung. Im Wohnzimmer blieb er stehen, und sie sah, wie sein Blick über ihre Möbel wanderte. Die schwarze Farbe finde er schön, murmelte er, und seine Hände rührten sich, ganz leicht glitten sie über die Räder des Rollstuhls. Sie habe sich halt Mühe gegeben, damit sie es hier gemütlich habe, sagte sie und nahm die Tasche, ging in die Küche. Entleerte die Tasche, machte den Kaffee, und als sie ins Wohnzimmer zurückkam, das Tablett mit den Kaffeetassen auf der Hand, sah sie, wie er mit seinem Rollstuhl vor dem Bücherregal stand, ihre Bücher anschaute. So viel Psychologie, murmelte er.

»Ja, weil ich Psychologie studiert habe«, sagte sie und ging auf den Balkon, stellte das Tablett auf den Tisch. Das seien aber nicht alle Bücher, denn sie habe noch einige zu

Hause, habe noch einige bei ihren Eltern gelassen, und die müsse sie mal holen, fügte sie hinzu, und da merkte sie, wie er an der Tür erschien, überrascht den Balkon anschaute. Einen Balkon habe er sich immer gewünscht, schon als Kind habe er davon geträumt, einen Balkon zu haben, sagte er und rollte zum Tisch, fragte ganz direkt, wie sie heiße. Sie lächelte, ehe sie antwortete, und er sagte, er heiße Jürgen, bat sie sogleich, ihn zu duzen.

»Die sind aber schön«, sagte er dann, den Blick auf ihre Blumen, und sie nahm Platz am Tisch.

»Die habe ich von meinen Eltern bekommen.«

»Deine Eltern haben einen guten Geschmack«, sagte er und nahm die Tasse mit Kaffee, trank einen Schluck. Eine echte Melange, eine Melange, wie man sie nur in einem guten Café bekomme, bemerkte er und hob den Kopf, blickte zum Himmel. Man sei zu Hause und zugleich draußen, ein tolles Gefühl, sagte er und schloss die Augen.

»Sag, hast du einen Unfall gehabt?«, fragte Michaela, und er öffnete die Augen, sah auf den Tisch.

»Stellen alle Psychologinnen so direkte Fragen?«

»Ich habe nicht als Psychologin gefragt.«

»Ich habe einen Motorradunfall gehabt.«

»War es deine Schuld? Bist du zu schnell gefahren?«

»Ja. Leider.«

»Und warum bist du zu schnell gefahren?«

»Ich habe erfahren, dass meine Mutter gestorben ist, und danach stieg ich auf mein Motorrad und fuhr los, fuhr einfach raus aus der Stadt.«

»Entschuldige. Das tut mir leid.«

»Ich war nicht bei ihrem Begräbnis.«

»Hast du keinen Vater?«

»Nein, der ist gestorben, als ich noch klein war.«

»Und Geschwister?«

»Geschwister habe ich keine. Und zu meinen Verwandten habe ich keinen Kontakt.«

»Du hast also hier im Haus mit deiner Mutter gewohnt.«

»Ja, aber sie ist schon ein paar Jahre vor ihrem Tod ausgezogen, sie zog nämlich bei ihrem Freund ein, und seitdem wohne ich hier allein«, antwortete er und fragte, warum sie von zu Hause ausgezogen sei.

»Weil ich mir wünschte, meine eigene Wohnung zu haben, und weil ich auch schon ein Alter erreicht habe, wo es an der Zeit ist, von zu Hause auszuziehen. Aber ich sehe regelmäßig meine Eltern und meine Schwester. Oder wir rufen uns halt an und plaudern miteinander. Ich kann mir nicht vorstellen, den Kontakt zu ihnen zu verlieren.«

»Ist deine Schwester auch Psychologin?«, fragte er. Nein, sie studiere noch, Jura studiere sie, erwiderte Michaela und fragte, was er vor dem Unfall gemacht habe. Er sei längere Zeit arbeitslos gewesen, habe dann in einem Blumengeschäft gearbeitet, als Hilfskraft habe er in dem Geschäft gearbeitet, antwortete er und fragte, wo sie denn als Psychologin arbeite. Sie arbeite nicht als Psychologin, leider, sei immer noch Verkäuferin. Als Verkäuferin habe sie schon gearbeitet, während sie studiert habe, denn sie habe Geld gebraucht, habe ihr eigenes Geld verdienen wollen, aber sie werde bestimmt mal als Psychologin arbeiten. Wo sie denn als Verkäuferin arbeite? Sie antwortete, und er sagte, er habe schon als Kind eine Schwäche für Süßigkeiten gehabt. Da sei er nicht der Einzige, sagte sie und fragte, ob er sie besuchen komme, bei ihnen fände er garantiert etwas zu naschen. Er werde darüber nachdenken, gab er zur Antwort, nahm seine Krücken und erhob sich, sah auf die Dächer der Häuser. Aus einer ähnlichen Perspektive habe er die Dächer hier schon einmal gesehen, doch sei es bereits lange her, sagte er, und sie stand auch auf.

»Da war ich noch ein Kind. Ich war nämlich mit einigen anderen Kindern oben auf dem Dach.«

»Darf man hier aufs Dach?«

»Nein. Aber damals hat ein Arbeiter vergessen, die Tür zum Dach zu schließen. Leider waren wir nur kurz oben, denn die Eltern von einem der Kinder haben uns von ihrem Balkon aus gehört.«

»Zum Glück. Ihr hättet ja hinunterfallen können.«

»Ich werde es nie vergessen, es war so toll da oben.«

»Wohnen die Kinder immer noch hier im Haus?«

»Nein.«

»Siehst du sie trotzdem manchmal?«

»Zwei von ihnen sehe ich manchmal, ich meine, wenn sie ihre Eltern besuchen kommen. Einige der Familien, die damals hier gewohnt haben, sind schon ausgezogen und es sind neue Mieter eingezogen.«

»Ich hoffe, die Menschen hier im Haus sind nett«, sagte Michaela, und da sah sie, wie sein Blick auf den Tauben verharrte, die am Himmel erschienen.

»Sie sind unruhig«, sagte er.

»Wieso?«

»Weil ein Falke in der Nähe ist. Falken hat es hier schon immer gegeben, sie nisten auf dem Turm der Kirche, da in der nächsten Gasse.«

»Dass du sogar weißt, wo sie nisten.«

»Das habe ich schon als Kind gewusst. Ich wollte es damals wissen, weil ich Angst um die Tauben hatte. Ich habe mir als Kind so sehr gewünscht, eine Taube zu haben. Und als ich dann einmal eine verletzte Taube auf der Straße gefunden habe, nahm ich sie gleich mit nach Hause.«

»Was? Du hast sie zu Hause gehabt?«

»Nein, leider nicht. Meine Mutter war nämlich dagegen.«

»Und was hast du mit der Taube gemacht?«, fragte Michaela weiter, und er hob an zu erzählen, wie er die Taube in eine Schachtel gesteckt hatte und mit ihr zum Tierarzt gegangen war.

Sie trat aus dem Geschäft, winkte ihm zu, und er setzte seinen Rollstuhl in Bewegung, querte die Straße. Offenbar werde es eine Demo geben, sagte sie und deutete zu einer großen Gruppe Menschen, die am Anfang der Straße wartete, und er sagte, er habe sie auch gesehen, fragte sogleich, was das für eine Demo sei.

»Keine Ahnung, das kann man von hier aus nicht sehen, aber vielleicht schaffen wir es, von hier wegzukommen, bevor es losgeht, meine Kollegin wird mich schon bald ablösen«, antwortete Michaela und öffnete die Tür zum Geschäft. Er rollte hinein, rollte durchs ganze Geschäft, und als er in der Mitte der Verkaufsfläche hielt, trat ein kleines Lächeln auf seine Lippen. Er kenne das Geschäft, schon einige Male habe er es von der anderen Straßenseite aus bemerkt, doch sei er noch nie drinnen gewesen, sagte er, und sie fragte, wieso er denn nie vorbeigeschaut habe. Weil er gedacht habe, es sei ein teures Geschäft, antwortete er und wandte sich dem großen Tisch zu, nahm ein Päckchen mit Mozartkugeln.

»Die habe ich als Kind geliebt«, sagte er.

»Ich auch.«

»Einmal, als meine Mutter mir kein Geld für die Mozartkugeln geben wollte, habe ich sie in einem Supermarkt geklaut. Ich wollte sie nicht gleich essen und beschloss, sie zu Hause in der Schublade meines Tisches zu verstecken, doch meine Mutter hat mich dabei erwischt. Sie hat sich furchtbar aufgeregt, hat mich gepackt, nahm die Mozartkugeln und zerrte mich zurück zum Supermarkt. Ich musste die Mozartkugeln der Kassiererin geben und mich entschuldigen.«

»Wie peinlich. War das etwa der Supermarkt bei uns?«

»Nein, ein anderer, den gibt es aber nicht mehr«, antwortete er und fragte, ob sie nie gestohlen habe.

»Nein«, erwiderte sie, erwiderte rasch und mit fester Stimme, und er legte das Päckchen mit Mozartkugeln zurück auf den Tisch, rollte zu einem Regal.

»Kommen viele Touristen zu dir?«, fragte er.

»Schon.«

»Und was kaufen sie?«

»Viele von ihnen möchten etwas typisch Wienerisches«, antwortete sie und erzählte, was sie anzubieten pflegte, was sie am häufigsten verkaufte. Er würde sich als Tourist auch etwas Wienerisches wünschen, sagte er, nahm seine Krücken und erhob sich, griff in das Regal und nahm ein Päckchen mit bestreuten Pastillen, legte es auf den Sitz seines Rollstuhls.

»Warte, sonst setzt du dich noch drauf«, sagte Michaela, nahm das Päckchen und legte es aufs Kassapult, und als sie sich zu ihm drehte, stand er bereits am nächsten Regal. »Du bist aber ganz schön schnell.«

»Mit dem Rollstuhl bin ich schneller.«

»Aber ist es denn nicht anstrengend mit dem Rollstuhl? Tun dir die Hände gar nicht weh?«

»Nein, probiere es doch«, antwortete er, und sie hielt inne. Ob er das ernst meine, fragte sie, und als er bejahte, setzte sie sich in den Rollstuhl, rollte durchs Geschäft.

»Auf dem glatten Boden hier ist es nicht anstrengend, aber wenn der Boden uneben wäre, wäre es sicher schwierig«, sagte sie.

»Ich kriege bald eine Prothese«, verriet er, und die Tür ging auf, Şenay betrat das Geschäft. Mit einem Mal kam Şenay zum Stehen, und Michaela erhob sich.

»Hast du mich aber erschreckt«, stieß Şenay hervor, und Michaela lachte, stellte ihr Jürgen vor. Draußen auf der Straße gehe es bald los, sagte Şenay, und Michaela fragte, was das für eine Demo sei. Eine Demo gegen Flüchtlinge, aber von dem anderen Ende der Straße komme eine zweite Gruppe, die eben diese Demo verhindern wolle, antwortete Şenay, und Michaela ging zur Kassa. Jürgen setzte sich wieder in den Rollstuhl, nahm vom Tisch die Mozartkugeln und rollte zur Kassa, und so still er sie und die bestreuten Pastillen bezahlte, verließ er das Geschäft. Schnell verabschiedete Michaela sich von Şenay, eilte ihm nach, doch kaum war sie aus dem Geschäft getreten, blieb sie schon stehen, sah und hörte, wie in der Gruppe Demonstranten, die nun ausländerfeindliche Plakate trug, junge Männer Jürgen grüßten, ihm zuriefen, er möge mitmachen. Auch sah sie, wie er verneinte, und dann trat sie schon an ihn heran, fragte, ob sie ihn schieben solle. Ja, antwortete er unruhig, und zwei der Männer kamen zu ihm gelaufen, reichten ihm die Hand und fragten, wie es ihm gehe. Gut, erwiderte er, und die Männer sagten, er solle sie mal anrufen, dann sahen sie Michaela an. Sie schwieg, wich ihren Blicken aus, als sie plötzlich Daniela gewahrte, die in Begleitung eines jungen Mannes war, hastig auf sie zukam. Was sie denn hier mache, fragte

Daniela, fragte laut und auf Tschechisch, und Michaela sah, wie die zwei Männer sich Daniela zuwandten, beide sie anstarrten. Sie sei im Geschäft gewesen, habe gearbeitet, antwortete Michaela auf Tschechisch, und da sah sie, wie die Männer sich zur Straße drehten, zurück zu ihren Freunden liefen.

»Und was machst du hier?«, fragte Michaela dann Daniela.

»Wir kommen zur Demo, aber wir gehören zu der anderen Gruppe«, antwortete Daniela und wies zur Gegendemo, dann stellte sie ihr Filip vor. Ob sie mitkomme, fragte Filip, und Michaela antwortete, sie müsse noch heim, danach stellte sie ihm und Daniela Jürgen vor. Aber sie werde nachkommen, werde sich beeilen, versprach sie noch, fasste die Schiebegriffe des Rollstuhls und ging los, schob Jürgen in eine Seitengasse.

»Deine Schwester schaut dir total ähnlich«, brach Jürgen das Schweigen, und sie verlangsamte ihre Schritte, ließ seinen Rollstuhl los. Ja, sagte sie lediglich, und er fragte, was das für eine Sprache gewesen sei, die sie und ihre Schwester miteinander gesprochen hätten. Sie antwortete, und er fragte, ob sie mit ihrer Schwester immer nur tschechisch spreche. Ja, auch mit ihren Eltern spreche sie nur tschechisch, antwortete sie und erzählte, dass ihre Eltern als Flüchtlinge nach Österreich gekommen waren. Ob das seine Freunde gewesen seien, die ihn begrüßt hätten, erkundigte sie sich an der Haustür, und er antwortete, er habe sie mal gekannt, doch habe er keinen Kontakt zu ihnen, sei nicht mit ihnen befreundet.

Sie blickte in den Hof hinunter, schloss das Fenster und band ihr Haar zu einem Pferdeschwanz, als sie vernahm, dass es an ihrer Wohnungstür läutete.

»Die habe ich eigentlich für dich gekauft, aber ich habe in der Aufregung völlig vergessen, sie dir zu geben«, sagte Jürgen, reichte ihr das Päckchen mit bestreuten Pastillen und rollte zum Fahrstuhl.

»Hast du Lust, in die Praterallee zu schauen?«, fragte Michaela, und er drehte sich wieder zu ihr. Wann? Jetzt, antwortete sie, und er bejahte.

»Dann treffen wir uns vor dem Haus«, sagte sie, und als sie wenig später hinauskam, wartete er bereits auf dem Gehsteig. Ob sie oft in die Praterallee schaue? Nur manchmal, antwortete sie, und er erzählte, wie er zuletzt, damals noch als Teenager, in der Praterallee gewesen war. Als die Praterallee vor ihnen erschien, fragte Michaela, was er tagsüber so treibe, ob ihm nicht langweilig sei, ob er denn nicht hinausfahre, gar keine Ausflüge mache. Er schaue fern oder höre Musik, und wenn er hinausfahre, bleibe er meistens in der Nähe des Hauses, antwortete er, und sie fragte, ob sie ihn schieben solle. Er nickte mit dem Kopf, und sie fasste die Schiebegriffe des Rollstuhls, erzählte, dass es an manchen Tagen ganz viele Menschen in der Allee gab, erzählte, wie belebt all die Wege und Wiesen hier manchmal waren. Sie fing an zu laufen, lief immer schneller, und da hörte sie, wie er auflachte, wie er sich freute, hörte, wie sehr es ihm gefiel. Sie möge ihre Kräfte sparen, möge sich nicht zu sehr anstrengen, sonst werde sie müde, möge es nicht übertreiben, zu lang sei die Allee, rief er, und sie fiel wieder in Schritt, sah, wie er seinen Kopf zurücklehnte, in die Baumkronen über ihnen blickte. Die seien schön, sagte sie, die habe sie schon als Kind schön gefunden, fast jedes Mal habe sie zusammen mit Daniela in die Kronen der Bäume hier geschaut.

»Und als wir auf eine Wiese liefen, liefen unsere Eltern uns nach, dann spielten sie zusammen mit uns«, sagte sie noch und wies auf drei Frauen, die, vom Schatten der Bäume umhüllt, prächtige braune Pferde ritten.

»Ich habe mir als Kind so gewünscht, ein Pferd zu reiten«, sagte er, und sie fragte, ob er sich auf den Rasen setzen möchte, und als er bejahte, schob sie ihn auf die nächste Wiese. Im Schutz eines Baumes ließ sie seinen Rollstuhl los, setzte sich, und er fragte, ob das die Wiese sei, auf der sie als Kind gespielt habe, auf der sie manchmal mit ihrer Familie gewesen sei. Ja, antwortete sie, und er nahm seine Krücken, erhob sich und setzte sich zu ihr. Sie blickte zu ihm, sah, wie er über den Rasen strich, und sie bemerkte einen Schmetterling, der sich auf seinen Rollstuhl setzte. Nur einen Augenblick lang verweilte der Schmetterling auf dem Rollstuhl und schon flog er auf, flog lautlos fort, verschwand im Laubwerk der Baumkrone, und sie legte sich auf den Rücken. So sei sie hier zuletzt mit Daniela gelegen, ganz nett sei es gewesen, richtig genossen habe sie den Nachmittag, sagte sie, und er fragte, ob Daniela schon lange mit Filip zusammen sei. Nein, seit Kurzem erst sei sie mit ihm zusammen, doch sei sie schon wahnsinnig verliebt, glaube sogar zu spüren, Filip sei der richtige Mann für sie. Das könne man durchaus spüren, sagte er, und sie fragte, ob er da etwa schon eine Erfahrung gemacht habe. Nein, antwortete er und fragte, ob Daniela mit Filip zusammenwohne. Noch nicht, antwortete sie, und er fragte weiter, ob Daniela sich Kinder wünsche.

»Natürlich. Aber die Mama hat ihr schon ans Herz gelegt, sie möge fertig studieren und erst dann Kinder bekommen. Unsere Eltern waren nämlich schon über dreißig, als sie uns bekommen haben. Sie sind zwar ganz jung nach Österreich gekommen, aber sie haben noch gewartet, bis sie sich hier eingelebt und etwas Geld gespart haben, erst dann wollten sie Kinder haben.«

»Wie sind denn eure Eltern nach Österreich gekommen?«, fragte er, und sie nahm wahr, wie sein Kopf sich bewegte, sah, wie er sie einmal kurz anblickte. Sie hätten eine Urlaubsreise nach Jugoslawien gebucht, und nach ein paar Tagen am Meer hätten sie sich von ihrer Reisegruppe getrennt, seien über die Grenze nach Österreich geflohen. Zu Fuß seien sie nach Österreich gekommen, hätten großes Glück gehabt, seien keinem Grenzsoldaten begegnet. Ihre Mama habe ihr und Daniela mal erzählt, wie sehr sie sich beide gefürchtet hätten, wie erschöpft sie danach gewesen seien. Ob ihre Eltern im Flüchtlingslager gewesen seien? Wenige Tage nur seien sie im Flüchtlingslager gewesen, seien schließlich nach Burgenland gebracht worden, hätten in einer Pension gewohnt, und nachdem sie den positiven Asylbescheid erhalten hätten, seien sie nach Wien gezogen, hätten einen Deutschkurs besucht.

»Und wo haben sie gearbeitet?«

»Sie haben zuerst als Hilfskräfte arbeiten müssen, bis sie endlich gute Jobs gefunden haben. Die Mama war dann Büroangestellte, und der Papa arbeitete als Elektriker.«

»Sie haben es am Anfang bestimmt schwer gehabt«, sagte er und legte sich auf den Rücken, und sie sah, wie er in die Baumkrone blickte, langsam seine Lider bewegte, sanft dann seine Augen schloss.

2

Sie habe doch gesagt, dass sie ihnen mit den Büchern helfen würde, rief Michaela, an ihrer Wohnungstür stehend, doch ihre Eltern lächelten nur, betraten die Wohnung und gingen ins Wohnzimmer, stellten die Kiste, die voll Bücher war, vor das Bücherregal.

»Es ist ja noch nicht alles, du kannst mir mit den restlichen Büchern gern helfen«, sagte ihr Vater und begab sich in die Küche. »Sie hat Lungenbraten gemacht, und Topfengolatschen gibt es auch!«

»Ich habe doch versprochen, dass ich etwas Leckeres mache«, sagte Michaela, nahm die Bücher aus der Kiste und legte sie auf den Boden, und zusammen mit dem Vater ging sie hinaus, ging zum Auto, holte die restlichen Bücher. Nach dem Essen machten der Vater und die Mutter es sich auf dem Sofa gemütlich, und Michaela brachte die Topfengolatschen, setzte sich in den Sessel und wartete, bis sie beide kosteten. Er würde nicht mehr mit Sicherheit sagen können, wer sie gemacht habe, murmelte der Vater, nachdem er eine Golatsche verzehrt hatte, und Michaela lächelte, meinte dann, ihre Topfengolatschen würden nie so gut sein, wie jene von der Mama. Nein, diese hier seien genauso gut, und Daniela könne sie auch machen, das habe sie ihnen neulich bewiesen, sagte der Vater, und die Mutter sah ihn an.

»Jetzt bist du der Einzige, der sie noch nicht machen kann«, sagte sie und wandte sich wieder Michaela zu. »Wir waren noch nicht verheiratet, als ich versucht habe, ihm beizubringen, wie man Topfengolatschen macht.«

»Meine Golatschen waren nie so gut, daher habe ich damit aufgehört, sie zu machen«, sagte der Vater, fuhr mit der Hand über seinen Kopf und blickte zu den Büchern, die sie gebracht hatten, dann sah er Michaela an. »Ich kann mich noch daran erinnern, wie sehr du und Daniela euch über die Bücher gefreut habt.«

»Ich freue mich immer noch, dass ich sie habe«, sagte Michaela, und die Mutter hob an zu erzählen, wie sie ihr und Daniela aus ihren ersten Büchern vorlas, die sie von der Großmutter bekommen hatten, erzählte, wie gespannt sie auf jede Geschichte waren, beide sich jedes Mal gefreut hatten. Als es draußen dunkel wurde, fuhren die Mutter und der Vater nach Hause, und Michaela rief Jürgen an, um zu fragen, ob er schon mal Topfengolatschen gegessen habe. Ja, doch sei es schon lange her, antwortete er, und kurz danach läutete er an ihrer Wohnungstür, rollte in ihr Wohnzimmer, rollte zum Tisch. Er könne sie alle haben, könne sie mit nach Hause nehmen, sagte Michaela, und er kostete eine Golatsche. Ob sie die Golatschen gemacht habe? Sie bejahte, und er fragte, ob sie oft backe. Nein, nicht oft, manchmal nur, aber heute seien ihre Eltern bei ihr gewesen, und da sie für sie gekocht habe, habe sie gleich auch die Golatschen gemacht, antwortete sie, und er blickte zu den Büchern, die vor dem Regal lagen. Die Bücher hätten ihre Eltern mitgebracht, sagte sie, und er wandte sich wieder den Golatschen zu. Ob er sie alle hier essen dürfe, es hätte nämlich keinen Sinn, sie mitzunehmen, denn er würde sie sowieso zu Hause sofort verzehren, fragte er, und sie bejahte, erkundigte sich dann, was er den ganzen Tag gemacht habe, ob er zu Hause gewesen sei. Ja, er sei zu Hause gewesen, antwortete er und erzählte, wie er nach langer Zeit endlich in der Wohnung aufgeräumt hatte. Lächelnd hörte Michaela ihm zu, dann nahm sie den leeren Teller und ging in die Küche, und als sie ins Wohnzimmer zurückkam, sah sie, wie er sich zu dem Bücherregal drehte, auf ihre Bücher zurollte. Sie müsse auch aufräumen, habe auch viel zu tun, sagte sie, und er nahm eines der Bücher zur Hand. Sie kam zu ihm, und er schlug das Buch auf, blätterte darin. Ein wunderschönes Buch, sagte er, und sie fragte, ob er noch seine alten Kinderbücher habe. Die meisten seiner Kinderbücher seien schon weg, die habe er entweder verschenkt oder entsorgt, antwortete er, und sie sagte, sie habe noch alle ihre Bücher, sah, wie er den Text auf einer Seite anstarrte.

»Die Sprache ist sicher interessant«, murmelte er.

»Sie ist nicht nur interessant, sie ist auch schön«, sagte sie, und er reichte ihr das Buch, bat sie, den ersten Absatz vorzulesen. Sie leistete seinem Wunsch Folge, und als sie ihn danach anblickte, sah sie, dass er lächelte.

»Wie sanft und melodisch die Sprache ist. Sie passt besser zu dir als die deutsche Sprache.«

»Das hat noch niemand zu mir gesagt.«

»Es muss sehr schwer sein, Tschechisch zu lernen.«

»Deutsch zu lernen ist ja auch schwer. Das weiß ich von meinen Eltern. Sie können perfekt Deutsch, aber man hört trotzdem, dass es nicht ihre Muttersprache ist.«

»Meinst du, weil sie mit tschechischem Akzent sprechen?«, fragte er, und sie bejahte, reichte ihm das Buch und sprach den Wunsch aus, er würde den ersten Satz vorlesen. Er nahm das Buch, fing an zu lesen, und sie lachte leise.

»Ich wäre ein schlechter Schüler, mit mir würdest du es als Lehrerin schwer haben.«

»Du würdest es schaffen, Tschechisch zu lernen«, sagte sie, und er sah die Bücher auf dem Boden an, murmelte, er werde sie nicht länger aufhalten, denn sie habe hier tatsächlich viel zu tun. Sie werde heute nicht mehr dazu kommen, die Bücher ins Regal zu räumen, sagte sie, und er bedankte sich für die Topfengolatschen, rollte nach Hause. Sie ging in die Küche, steckte das schmutzige Geschirr in den Geschirrspüler und säuberte die Küchenzeile, dann machte sie sich auf den Weg zum Müllraum, um ihren Müll zu entsorgen. Schnell kam sie aus dem Haus, doch vor dem Müllraum verlangsamte sie ihre Schritte. Die Tür stand offen, Geräusche drangen aus dem Müllraum. Sie blieb stehen, spähte hinein und gewahrte Jürgen, der mit seinem Rollstuhl vor einem Müllcontainer stand. Auch sah sie, wie er nach zwei Papiertaschen griff, die neben seinem Rollstuhl abgestellt waren, dann kam sie auf ihn zu, sagte, sie helfe ihm. Mit einem Mal aber hielt sie inne, und den Blick in eine Tasche gerichtet, starrte sie auf Hitlers Portrait, das in zwei Hälften zerrissen war. Sie griff in die Tasche und fand Bilder mit Hakenkreuzen, trat einen Schritt zurück und sah Jürgen an. Wortlos warf sie ihren Müll in den Müllcontainer, und rasch drehte sie sich um, ging nach Hause.

Die Tür öffnete sich, und Nora, die Chefin, betrat das Geschäft. Ihr Sohn Adrian folgte ihr, und Michaela merkte, dass er einen Verband trug, sein linkes Handgelenk verletzt war. Was passiert sei, fragte Michaela mit besorgter Stimme, kam zu Adrian und ging in die Hocke. Er sei gestürzt, draußen vor ihrem Haus sei er gestürzt, doch sei es nicht schlimm, er habe sich nur die Hand abgeschürft, antwortete er. Es sei schon vorgestern passiert, sie habe ihn kurz mit den Kindern spielen lassen, sagte Nora, und leise fügte sie hinzu, sein Vater habe ihr die Schuld dafür gegeben, sein Vater habe gemeint, sie sei unverantwortlich, sei eine schlechte Mutter. Dass Jörg so etwas zu ihr sagen würde, hätte sie nie gedacht, flüsterte Michaela, Nora zugewandt, dann sah sie wieder Adrian an, legte ihre Hand auf seinen Kopf und bewegte ihre Finger, strich über sein Haar. Ob er Lust hätte, etwas zu zeichnen, fragte sie, und als er mit dem Kopf nickte, führte sie ihn ins Büro. Sie ließ ihn Platz nehmen, holte aus der Schublade ein Papierblatt und einen Bleistift, legte beides auf den Tisch und kehrte auf die Verkaufsfläche zurück. Ob sie Adrian hierlassen dürfe, fragte Nora leise, und Tränen traten in ihre Augen.

»Selbstverständlich.«

»Ich treffe mich mit Jörg, wir müssen einiges besprechen, und ich möchte nicht, dass Adrian dabei ist.«

»Was ist denn noch passiert?«

»Ich und Jörg, wir lassen uns nämlich scheiden. Wir streiten uns, und es gab schon Tage und Nächte, wo er nicht nach Hause kam. An einem Abend hat Adrian nach ihm gefragt, und vor dem Schlafen hat er im Bett geweint. Ich weiß, wie das ist. Meine Eltern haben sich auch scheiden lassen, als ich noch klein war.«

»Darf ich fragen, wo Jörg gewesen ist, als er nicht nach Hause kam?«

»Bei seiner Freundin.«

»Das tut mir leid.«

»Ich werde schon gehen. Ich werde schauen, dass ich so bald wie möglich zurück bin.«

»Lass dir Zeit«, sagte Michaela nur, und Nora verabschiedete sich von ihr und von Adrian, ging schnell hinaus. Ob er müde sei, fragte Michaela, als sie ins Büro kam, und sah, wie Adrian mit dem Kopf auf dem Tisch lag. Er hob den Kopf und verneinte, und sie sah, dass sein Papierblatt immer noch leer war. Wieso er nichts gezeichnet habe, fragte sie, und er antwortete, er wisse nicht, was er zeichnen solle. Ob die Hand ihm wehtue? Nicht mehr. Er müsse das nächste Mal beim Spielen aufpassen. Das tue er, er passe immer auf, aber ein Freund von ihm habe ihm das Bein gestellt. Warum sein Freund das getan habe? Keine Ahnung. So etwas tue doch kein richtiger Freund, er könne auf solche Freunde wirklich verzichten, sagte Michaela, und er legte den Kopf wieder auf den Tisch.

Schon war sie im Begriff, ihre alten Bücher ins Regal zu räumen, als sie vernahm, dass ihre Wohnungsglocke läutete. Sie ging zur Tür und öffnete, und ernster Miene hielt sie inne, sah Jürgen in die Augen. Er begrüßte sie leise, dann reichte er ihr eine Schlüsselblume, die aus einem Blumentopf ragte. Die werde zu ihren Blumen gut passen, sagte er, und sie bat ihn herein, brachte die Blume auf den Balkon und stellte sie zu den anderen, und als sie sich zur Tür drehte, sah sie, dass er im Wohnzimmer wartete. Sie kehrte ins Wohnzimmer zurück und fragte, ob er ihr mit den Büchern helfe. Gern, antwortete er und rollte zu dem Bücherregal, und sie schloss die Balkontür, kam zu ihm. Die Männer, die ihn bei der Demo gegrüßt hätten, seien mal seine Freunde gewesen, sagte er und reichte ihr die ersten Bücher.

»Ich möchte die Zeit, die ich mit diesen Freunden verbracht habe, endlich vergessen, und ich möchte auch die Sachen, die ich mal getan habe, vergessen, aber es geht nicht.«

»Du darfst sie nicht vergessen«, unterbrach Michaela ihn. »Du weißt, dass du solche Sachen nie wieder tun wirst, doch vergessen darfst du sie nicht.«

»Aber es belastet mich.«

»Wann hast du beschlossen, dass du dich mit deinen Freunden nicht mehr triffst?«

»Als ich im Krankenhaus lag. Ich habe meine Mutter enttäuscht und schließlich verloren, ich habe Menschen beleidigt und verletzt, ich habe mein Leben zerstört.«

»Wo hast du die Typen eigentlich kennengelernt?«, fragte sie, und er sah den Umschlag eines Buches an, wo kleine Kinder miteinander spielten.

»Bei einem Fest, und danach haben wir uns regelmäßig getroffen. Nachdem meine Mutter bei ihrem Freund eingezogen war, habe ich meine Freunde einige Male zu mir eingeladen, und eines Tages bekam ich die Bilder von ihnen geschenkt.«

»Haben sie dich im Krankenhaus besucht?«, fragte sie, und er gab ihr das Buch.

»Sie haben mir ein paar SMS geschickt, und als ich wieder zu Hause war, haben sie mich angerufen, aber ich habe zu ihnen gesagt, dass ich mich mit ihnen nicht mehr treffen kann«, antwortete er, und sein Blick verfing sich an einem Kochbuch. Es sei bestimmt ein tschechisches Kochbuch, sagte er und nahm das Buch zur Hand. Kuchařka, las er laut und langsam, ehe er das Buch aufschlug. Das habe ihre Oma ihr geschenkt, auch Daniela habe eines bekommen, sagte Michaela und erzählte, wie sie und Daniela bei ihrer Großmutter gekocht hatten. Er hörte ihr zu, hörte ihr still atmend und aufmerksam zu, und dabei blätterte er in dem Buch, sah jedes Bild an.

»Du sprichst nur von der Großmutter«, sagte er. »Habt ihr keinen Großvater?«

»Nein, er ist schon tot. Wir waren noch klein, als er gestorben ist.«

»Und wo genau lebt eure Großmutter in Tschechien?«

»In Südböhmen, nah an der Grenze zu Österreich, in einem kleinen Dorf, mitten in einer wundervollen Natur«, antwortete sie und erzählte über das Dorf.

»Man merkt sofort, dass du das Dorf liebst.«

»Ja, wir haben uns immer so gefreut, wenn wir unterwegs zur Oma waren, ich war mit Daniela fast in jeden

Sommerferien bei ihr«, sagte sie und sah, wie er eine Seite mit Topfengolatschen anstarrte. Ob sie glaube, er würde es schaffen, die Topfengolatschen zu machen, fragte er mit einer unsicheren Stimme, und sie bejahte, sagte dann, er könne es versuchen, könne damit beginnen, wann immer er wolle.

Daniela und Filip betraten das Geschäft, und Michaela sah, dass ein junges Paar ihnen folgte, ein Mann und eine Frau, ein zartes Paar, das hübsch war. Sie seien gekommen, um sie zu beschäftigen, sagte Daniela lächelnd, dann stellte sie Michaela die Frau und den Mann vor. Filip habe angefangen, Deutsch zu unterrichten, und Fadia und Yakoub seien Schüler aus seiner Klasse. Wie lange sie schon in Wien seien, fragte Michaela, Fadia und Yakoub zugewandt, und sie antworteten, sie seien vor zwei Jahren nach Wien gekommen.

»Darf ich fragen, wo ihr herkommt?«
»Aus Syrien, aus Damaskus«, antwortete Yakoub.
»Und gefällt es euch in Wien?«
»Ja, die Stadt ist schön, und die Menschen sind freundlich«, antwortete Fadia.
»Trinkt ihr einen Kaffee?«, fragte Michaela, und sie bejahten, vor Freude leuchteten ihre Augen. Ob ihr Lehrer brav und nett sei, erkundigte Michaela sich, und sie sahen Filip an, lachten.
»Ja, sehr sogar«, antworteten sie.
»Dann bekommt er auch einen Kaffee«, sagte Michaela, und anschließend gingen sie alle ins Büro, nahmen Platz am Tisch und unterhielten sich, sprachen darüber, wie man es wohl am schnellsten schaffen könnte, eine Fremdsprache zu lernen.

»Wir lesen deutschsprachige Bücher und schauen fern, auch ins Kino gehen wir«, sagte Yakoub. »Aber wir schaffen es nicht, miteinander deutsch zu sprechen. Unser Herz spricht nur unsere Muttersprache.«

»Ihr solltet unbedingt auch eure Muttersprache sprechen«, sagte Michaela und ging auf die Verkaufsfläche, denn ein Mann kam ins Geschäft. Als sie dann aber Anstalten machte, ins Büro zurückzukehren, überraschte Daniela sie, die zu ihr kam und seltsam unruhig war. Filip habe ihr erzählt, dass es schon lange sein Wunsch gewesen sei, Deutsch zu unterrichten, und als er das Angebot bekommen habe, habe er sofort zugesagt. Es sei schön und wichtig, dass er Menschen wie Fadia und Yakoub unterrichte, ganz wunderbar finde sie es, dass er bereit sei, den anderen Menschen zu helfen, sagte Michaela, und Daniela senkte den Blick, sah kurz auf den Boden. Yakoub sei ganz allein nach Österreich gekommen, und zwei Monate später habe er erfahren, dass seine Eltern und seine Geschwister in Damaskus getötet worden seien, sagte Daniela mit verhaltener Stimme. Yakoub habe fest daran geglaubt, seine Familie werde mal nachkommen, so sehr habe er sich gewünscht, sie würden alle hier leben können. Erst Fadia habe es geschafft, seinem Leben wieder einen Sinn zu geben. Er habe Filip gebeten, ihm zu helfen, ein Geschenk für Fadia zu besorgen, sagte Daniela noch, dann fragte sie Michaela, ob sie das übernehmen könne, ob sie Yakoub helfe. Klar, antwortete Michaela und fragte, ob Fadia auch allein in Wien sei. Nein, sie sei zusammen mit ihren Eltern nach Österreich gekommen, und es gehe ihnen im Vergleich zu vielen anderen Flüchtlingen gut, antwortete Daniela, dann holte sie schon Yakoub aus dem Büro. Rasch kehrte sie wieder ins Büro zurück, und Yakoub lächelte Michaela an, sagte, er habe gehört, sie und Daniela würden zu Hause auch eine Sprache sprechen, die in Österreich fremd sei. Ja, und sie sei froh, dass sie stets zwei Sprachen spreche, und wenn sie hier im Geschäft sei, spreche sie mitunter sogar auch englisch, und das sei gut, ihr Leben werde dadurch reicher, denn sie könne sich mit Ausländern unterhalten, habe die Möglichkeit, von ihnen Interessantes zu erfahren.

»Filip spricht zu Hause nur tschechisch«, fügte sie hinzu. »Und mit Daniela spricht er auch tschechisch.«

»Ich weiß«, sagte Yakoub, und sein Blick glitt über das Geschäft.

»Ich habe gehört, du brauchst ein Geschenk für Fadia«, sagte Michaela und führte ihn durchs Geschäft, machte dann auf dem Kassapult ein Geschenkpaket für ihn. »Möchtest du ihr das Geschenk jetzt gleich geben?«

»Nein, ich möchte warten, bis wir allein sind«, antwortete er, und sie nahm das Geschenkpaket, steckte es vorsichtig in eine große Papiertasche. Bald danach verabschiedeten Yakoub und Fadia sich, und nachdem auch Daniela und Filip gegangen waren, schloss Michaela das Geschäft, machte sich auf den Heimweg. Zu Hause angekommen füllte sie die Gießkanne mit Wasser und ging auf den Balkon, um die Blumen zu gießen, und dabei sah sie, wie Jürgen in den Hof rollte. Ein Bub folgte ihm, ein Bub asiatischer Herkunft, der einen Ball trug und lachte, vor Freude geradezu strahlte. Auf dem Rasen vor dem Baum fingen sie an, den Ball einander zuzuwerfen, doch dauerte es nur eine kurze Weile, und eine Frau, deren Stimme sehr aufgeregt klang, rief den Buben nach Hause. Der Bub stritt mit der Frau, die Miene verfinstert und böse, doch verließ er schließlich den Hof, und Michaela sah, wie Jürgen sich in Bewegung setzte, zum Haus rollte. Wieder vernahm sie die Frau, wieder hörte sie ihre aufgeregte Stimme, doch drang sie nun aus dem Stiegenhaus, hallte in jedem Stockwerk. Geräuschlos betrat Michaela das Stiegenhaus, und still hörte sie zu, wie die Frau zu dem Buben sagte, er müsse sich von diesem Mann fernhalten, dürfe ja nicht mit ihm spielen, müsse ihm aus dem Weg gehen. Da vernahm Michaela, dass ihr Handy läutete, und rasch schloss sie die Tür, lief ins Wohnzimmer und nahm das Handy, sah, dass ihre Großmutter anrief. Sie habe vor Kurzem mit Daniela telefoniert, sagte die Großmutter, und sie freue sich so sehr darüber, dass Daniela mit Filip glücklich sei, von ganzem Herzen freue sie sich darüber, dass es Daniela so gut gehe.

Ob sie Lust hätte, mit ins Haus seiner Mutter zu schauen, fragte Jürgen am Handy, und wenig später schon trafen sie sich draußen auf der Straße, machten sich auf den Weg. Er habe das Haus geerbt, das Haus gehöre ihm, doch wisse er nicht, ob er es verkaufen oder behalten werde, wisse immer noch nicht, was er damit machen solle. Wo das Haus denn liege? In der Nähe des Lainzer Tiergartens, doch er sei noch nie in dem Haus gewesen, antwortete er. Nachdem seine Mutter ausgezogen gewesen sei, sei er einmal zu dem Haus gefahren, habe es aber nur von außen gesehen, nicht einmal in Mutters Garten sei er gewesen. Wieso nicht? Weil er damals, bevor sie in das Haus zu ihrem Freund gezogen sei, häufig mit ihr gestritten habe. Sie habe ihn danach einige Male angerufen, habe den Wunsch geäußert, er käme sie besuchen, habe ihn gebeten, bei ihnen einzuziehen, doch er sei dazu nicht bereit gewesen, habe sich nicht vorstellen können, zusammen mit seiner Mutter und ihrem Freund zu leben, zusammen mit ihnen in ihrem Haus zu wohnen. Als seine Mutter ihn eines Tages besucht habe, sei sie in Tränen ausgebrochen, und danach sei sie nicht mehr gekommen, nicht einmal dann sei sie gekommen, als ihr Freund gestorben sei und sie sich einsam gefühlt habe, sagte er noch und wurde still.

»Im Lainzer Tiergarten war ich schon lange nicht«, brach Michaela schließlich das Schweigen, nachdem sie in den Bus gestiegen waren, und er sagte, er sei zuletzt als Kind dort gewesen, mit der Schulklasse sei er damals im Tiergarten gewesen. Ob es ihm dort gefallen habe, fragte Michaela.

»Schon, aber es hat Kinder gegeben, die den Tiergarten langweilig gefunden haben«, antwortete er.

»Langweilig? Wieso?«

»Weil es dort zu wenig Tiere gibt, weil der Tiergarten eher an einen Park erinnert.«

»Aber genau das ist ja das Schöne am Lainzer Tiergarten«, meinte Michaela und erzählte, wie sie zuletzt mit Daniela und ihrer Großmutter in dem Tiergarten gewesen war, wie sehr es ihnen dort gefallen hatte.

»An die Gasse hier kann ich mich noch erinnern«, sagte sie, nachdem sie aus dem Bus gestiegen waren, und ihr Blick streifte über Häuser mit Gärten. »Wie still es hier ist.«

»Man hat das Gefühl, die Stadt verlassen zu haben«, bemerkte Jürgen und rollte los. Sie folgte ihm, und als er am Ende der Gasse hielt, sah sie, wie er ein Haus anstarrte, das hinter zwei schlanken Nadelbäumen ruhte. Er öffnete das Pförtchen zum Vorgarten, und einen schmalen Weg entlang rollte er zum Haus, schloss die Tür auf und setzte sich wieder in Bewegung, versank im Schatten des Vorzimmers. Langsam ging Michaela ihm nach, betrat das Haus und schritt durchs Vorzimmer, blieb dann im Flur stehen. Auf der linken Seite öffnete sich das Wohnzimmer, auf der rechten Seite die Küche.

»Aufgeräumt und sauber, genau wie bei dir«, sagte Jürgen in der Küche und sah zum Fenster, sein Blick verharrte auf einem der Nadelbäume.

»So toll ist meine Küche nicht«, sagte Michaela.

»Die Küche hat sie von ihrem Freund zum Geburtstag bekommen.«

»Wieso weißt du es?«

»Sie hat es mir damals erzählt, am Telefon«, antwortete er und rollte ins Wohnzimmer. Sie folgte ihm und hielt inne, so schön sah es aus, so prächtig waren die Mahagonimöbel. Das Fenster zur Gasse lag im Schatten des zweiten Nadelbaumes, und an der Wand neben dem Fenster hing ein großer Fernseher. Die Wand auf der anderen Seite des Zimmers bestand aus Glas, sie öffnete den Blick auf den Garten. Und neben der Glastür zum Garten erhob sich eine Holztreppe.

»Schaffst du es hinauf?«, fragte Michaela, als sie merkte, wie er die Treppe ansah, und er rollte los, rollte entschlossen auf die Treppe zu, nahm seine Krücken und erhob sich. Zusammen stiegen sie die Treppe hinauf, betraten ein Zimmer, das über der Küche lag. Seine Möbel und sein Teppich sahen wie neu aus, Bilder mit Blumen schmückten seine Wände. Als sei es nie bewohnt gewesen, sagte Michaela und begab sich in das zweite Zimmer, das über dem Wohnzimmer lag. Es war ein Schlafzimmer, auch seine Möbel waren braun, die Wände weiß, auch hier gingen die Fenster auf die Gasse und auf den Garten, Bilder mit Blumen glänzten in dem hereinströmenden

Tageslicht. Sie trat ans Fenster zum Garten, und reglos sah sie die Obstbäume an, die sanfte Schatten über den Boden breiteten. Dann hörte sie, dass Jürgen in das Zimmer kam, und still blickte sie zu ihm, doch sah sie nur, wie er sich umdrehte, das Zimmer wieder verließ. Sie kam zu ihm, und zusammen mit ihm stieg sie die Treppe hinunter, trat aus dem Haus, betrat den Garten. Hier könne man tatsächlich vergessen, dass man in einer Großstadt lebe, sagte sie, und ihr Blick streifte über die hohen Sträucher, die den ganzen Zaun verbargen, verfing sich an einem Blumenbeet, das vor dem Haus lag. Ob er sich nicht setzen wolle, fragte sie, als sie sich Jürgen zuwandte, und mit der Hand deutete sie zu dem ersten Baum, einem großen Kirschbaum, in dessen Schatten ein Tisch mit einem Stuhl stand. Und als Jürgen bejahte, ging sie ins Haus, holte aus der Küche noch einen Stuhl. Ob er auch ein Glas Wasser trinke? Gern, antwortete er, und sie ging wieder in die Küche, nahm zwei Gläser und füllte sie mit Wasser, und als sie in den Garten zurückkam, sah sie, wie er den Apfelbaum betrachtete, der ihm gegenüberstand. Sie stellte die Gläser auf den Tisch, nahm Platz und sah den Apfelbaum an, blickte in seine Krone.

»So viele Vögel gibt es hier«, sagte sie. »Und wie schön sie singen.«

»Als ich klein war, habe ich mir gewünscht, die Sprache der Vögel zu verstehen.«

»Ich wünsche es mir immer noch.«

»Als Kind nahm ich manchmal draußen auf der Straße wahr, wie sie aufgehört haben zu singen, und bald danach wurde es dunkel«, sagte er, den Blick zum Ende des Gartens. »Ich blieb auf der Straße oder in den Parks bis in die Nacht, und obwohl ich immer wieder Autos oder Stimmen der Menschen hörte, kam es trotzdem zu Augenblicken, wo es so seltsam still um mich wurde.«

»Wieso warst du so lange draußen?«

»Weil ich auf meine Mutter wartete. Ich wollte nicht allein zu Hause sein.«

»Und wo war deine Mutter?«

»Im Krankenhaus. Sie war Krankenschwester. Dort hat sie ihren Freund kennengelernt.«

»Und was hat er dort gemacht?«

»Er war Arzt.«

»Wie alt warst du denn, als sie ihn kennengelernt hat?«

»Siebzehn. Er war bestimmt nett, aber ich wollte ihn damals nicht einmal kennenlernen.«

»Wann ist er gestorben?«

»Ungefähr ein Jahr vor meiner Mutter, aber ich weiß gar nicht, woran er gestorben ist.«

»Und deine Mutter? Woran ist sie gestorben?«

»An einer Embolie«, antwortete er und nahm seine Krücken, erhob sich und brach zum Haus auf. Sie sah zu, wie er in das Wohnzimmer gelangte, sah noch, wie er die Treppe ansteuerte, dann trank sie ihr Wasser aus und stand auf, schlenderte ans Ende des Gartens. Langsam kam sie zum Tisch zurück, blickte zu den Fenstern und ging ins Haus, stieg die Treppe hinauf und warf einen Blick in das Zimmer, das über der Küche lag, trat geräuschlos an die Schlafzimmertür. Sah, wie Jürgen auf dem Bett saß und auf den Boden starrte, dann kehrte sie in den Garten zurück.

Zwei Mädchen betraten das Geschäft, zwei erwachsene und sehr schlanke Mädchen, grüßten mit Kopfnicken und sahen sich um, blieben an dem großen Tisch stehen, und Michaela vernahm, dass sie tschechisch sprachen. Eine ähnliche Schokolade hätten sie doch auch bei ihnen zu Hause, sagte das rothaarige Mädchen, doch das blonde Mädchen meinte, die österreichische Schokolade schmecke besser. Ein Handy läutete, und die Blondine griff in ihre Handtasche, nahm ihr Handy heraus und sagte, es sei ihr Freund, und als sie in das Handy zu sprechen begann, änderte sich ihre Stimme, sanft klang jedes ihrer Worte. Wien sei noch schöner, als sie gedacht habe, sagte sie, und Michaela fing an, ein Regal abzustauben. Ja, sie würden so bald wie möglich zusammen nach Wien kommen, würden bestimmt einen Job und eine Wohnung in Wien finden, sagte die Blondine und erzählte über die Innenstadt, und als sie das Handy zurück in ihre Handtasche steckte, strahlte sie vor Freude. Es sei aber schwer, hier einen Job und eine Wohnung zu finden, sagte das rothaarige Mädchen zu ihr, und die Tür ging auf, Adrian kam herein, die Schultasche auf dem Rücken.

»Deine Mama hat heute frei, sie ist nicht da«, sagte Michaela und kam auf ihn zu.

»Ich weiß, aber sie wollte, dass ich hier auf sie warte«, sagte er, und Michaela fragte, ob er Hausaufgaben habe, und als er bejahte, führte sie ihn ins Büro, sagte, er könne seine Hausaufgaben gleich machen, auch lernen könne er hier. Gut, murmelte er, und sie bemerkte durch die offene Tür, dass die Mädchen an der Kassa standen. Schnell ging sie zur Kassa, als ihr Handy läutete, und sie sah, dass es Nora war, doch steckte sie das Handy ein, lächelte die Mädchen an und fing an zu kassieren. Adrian kam zu ihr, auch er lächelte, und da sprach er die Mädchen an, fragte, ob sie die Geschenke eingepackt haben möchten. Das blonde Mädchen übersetzte es dem rothaarigen Mädchen ins Tschechische, sah Adrian wieder an und antwortete, sie müssten leider schon gehen, sonst würden sie ihren Bus verpassen. Nachdem die Mädchen das Geschäft verlassen hatten, wandte Adrian sich Michaela zu und fragte, was das für eine Sprache gewesen sei, die die Mädchen gesprochen hätten. Michaela antwortete, und er hielt inne.

»Du kannst auch Tschechisch«, sagte er.
»Wieso weißt du es?«
»Meine Mama hat es mir erzählt.«
»Du sollst auch andere Sprachen lernen. Du sollst so viele Sprachen wie möglich lernen, denn die wirst du brauchen.«

»Ja«, sagte er und ging ins Büro, und sie nahm das Handy, rief Nora an. Er sei schon da, werde jetzt seine Hausaufgaben machen, und sie solle sich Zeit lassen, solle erst dann kommen, wenn sie alles erledigt habe, sagte Michaela und erzählte, wie nett Adrian zu ihren Kundinnen war, und als sie das Handy einsteckte und ins Büro blickte, sah sie, wie er am Tisch saß und in sein Heft schrieb. Sie kam zu ihm, nahm Platz und fragte, ob sie ihm helfen solle.

»Ich schaffe alle Hausaufgaben allein. Ich habe sogar schon einem Buben aus unserer Klasse bei den Hausaufgaben geholfen, gleich nach dem Unterricht, draußen vor der Schule. Er kommt aus Irak, aber er spricht schon gut Deutsch.«

»Das war nett von dir. Aber weißt du was, du könntest das nächste Mal zusammen mit ihm herkommen, ihr braucht die Hausaufgaben nicht draußen vor der Schule zu machen. Er muss aber seinen Eltern Bescheid sagen, damit sie sich keine Sorgen um ihn machen.«

»Seine Mama ist nett.«

»Wieso weißt du, dass sie nett ist?«

»Sie holt ihn manchmal von der Schule ab, und sie war jedes Mal nett zu mir. Sie kann aber schlecht Deutsch, daher sprechen sie miteinander nur in ihrer Sprache. Ich habe ihnen zugehört, und die Sprache ist ganz anders, ich habe nichts verstanden, aber sie haben gesagt, dass sie mir ein paar Wörter beibringen, wenn ich möchte.«

»Das wäre toll. Wie heißt denn dein Freund?«

»Haias.«

»Ist sein Papa auch nett?«

»Sein Papa ist tot. Er war ein Soldat. Haias hat mir erzählt, dass sein Papa ein Held war.«

»Haias muss sehr stolz auf seinen Papa sein. Ihr könntet mal zu mir nach Hause kommen, ich meine, nicht nur um Hausaufgaben zu machen, wir könnten zum Beispiel spazieren gehen oder einen Ausflug machen.«

»Gern, wir sind schon mal zusammen spazieren gegangen, nach der Schule, als wir allein waren«, sagte Adrian und erzählte, wie sie in einem Park gewesen waren, was alles sie gemacht hatten. Da vernahm Michaela, dass ihr Handy läutete, sah, dass ihre Mutter anrief, setzte das Handy ans Ohr und stand auf, ging zur Tür. Ob sie im Geschäft sei, fragte ihre Mutter, und Michaela bejahte, drehte sich um.

»Ich war gerade bei dir. Ich dachte, du hast heute frei.«

»Warum hast du vorher nicht angerufen?«, fragte Michaela und sah, wie Adrian sie lächelnd beobachtete.

»Ich war zufällig in der Nähe, ich wollte dich überraschen.«

»Dann komm vorbei«, sagte Michaela und winkte Adrian zu.

»Nein, ich komme ein andermal, ich fahre wieder heim.«

»Du klingst so müde. Oder geht es dir nicht gut?«

»Ich habe deine Nachbarin vor dem Haus getroffen. Sie hat mir erzählt, dass sie dich mit dem Mann im Rollstuhl gesehen hat, der bei euch im Haus wohnt.«

»Und?«

»Sie hat mir über den Mann erzählt und mich gebeten, dir zu sagen, dass du dich von ihm fernhalten sollst.«

»Ich glaube, ich kenne den Mann mittlerweile besser als meine Nachbarin.«

»Sei ihr bitte nicht böse, sie hat es gut gemeint, und ich mache mir halt Sorgen um dich«, sagte die Mutter, und Michaela sah, wie Adrian auf sie zukam. Sie müsse leider Schluss machen, rufe sie aber später an, sagte Michaela und schaltete das Handy aus, lächelte Adrian an.

Şenay wählte ein Boot aus, und Michaela sah, wie sehr sie sich freute, wie aufgeregt sie war. Zusammen setzten sie das Boot in Bewegung, und als sie es dann zum Stehen brachten, stiegen sie aus ihren Schuhen und zogen sich bis auf den Bikini aus.

»Heute ist hier aber nicht viel los, offenbar ist es an der ganzen Alten Donau so ruhig«, sagte Michaela, nachdem sie sich umgesehen hatte, und rasch zupfte sie ihren Bikini zurecht.

»Die Badesaison hat noch nicht richtig angefangen«, sagte Şenay.

»Ich war ein paar Mal mit Daniela und mit unseren Eltern hier, aber ein Boot haben wir uns nie geliehen«, sagte Michaela und wies zu den Bäumen, die am Ufer standen. »Dort sind wir jedes Mal gelegen.«

»Dort waren wir auch manchmal«, sagte Şenay.

»Vielleicht haben wir uns als Kinder mal gesehen.«

»Das ist möglich, aber ich war jedes Mal mit meiner ganzen Familie hier, mit Cousinen und Cousins, Onkeln und Tanten, und so habe ich die Menschen hier nur flüchtig wahrgenommen.«

»Da habt ihr wohl mehrere Boote gebraucht«, sagte Michaela, und Şenay lachte.

»Nein, ein Boot hat schon gereicht, denn wir haben uns immer abgewechselt. Aber später, als wir größer waren, da war ich oft allein mit meinen Cousinen auf dem Boot. Die Burschen spielten Fußball, die Eltern plauderten miteinander auf der Decke, und wir Mädchen hatten unsere Ruhe, konnten uns ungestört unterhalten und ein Sonnenbad nehmen.«

»Ungestört unterhalten? Habt ihr etwa Geheimnisse gehabt?«

»Jede von uns hatte Geheimnisse. Und so hatten wir einander viel zu erzählen.«

»Und wie hieß der erste Bursch, von dem du deinen Cousinen erzählt hast?«, fragte Michaela, und wieder lachte Şenay.

»Walter«, antwortete sie.

»Wie lange wart ihr zusammen?«

»Wir waren gar nicht zusammen. Aber ich fand ihn total fesch.«

»Du warst heimlich in ihn verknallt?«

»Na und?«

»Wie hat er denn ausgeschaut?«

»Er war so zart, rothaarig mit grünlichen Augen. Aber ich hatte nicht das Gefühl, dass ich ihm gefallen könnte. Und außerdem wusste ich, dass meine Eltern sich wünschen, ich würde mir einen Freund in unserem Bekanntenkreis suchen.«

»Und gibt es jemand, der in Frage käme?«

»Vielleicht«, gab Şenay zur Antwort, stand auf und sprang ins Wasser. Michaela sprang ihr hinterher, und zusammen tauchten sie unter und auf, schwammen, glitten um das Boot herum. Zurück auf dem Boot, legten sie sich nebeneinander und nahmen ein Sonnenbad, und als es Abend wurde, brachten sie das Boot zum Bootverleih. An der nächsten Haltestelle stiegen sie in die U-Bahn, und nachdem sie wieder ausgestiegen waren, betraten sie eine Neubausiedlung.

»Sag, wann ist denn dein Bruder mit seiner Frau hergezogen?«, fragte Michaela.

»Kurz bevor sie den Kleinen bekommen haben«, antwortete Şenay, und Michaela blickte zu den Balkons, die mit Blumen geschmückt waren.

»Die Wohnungen hier sind bestimmt schön.«

»Ein Bruder von meinem Vater wohnt hier auch mit seiner Familie«, bemerkte Şenay, und da lächelte sie, wies zu einem Raum im Erdgeschoß des nächsten Hauses, einem großen Gemeinschaftsraum, der hinter einer Glaswand leuchtete. Menschen unterhielten sich in dem Raum, junge und ältere, und die leisen Töne einer Melodie drangen sanft nach draußen. Şenay winkte mit der Hand, und als sie die Tür öffnete, drehten fast all die Menschen sich ihr zu, die Musik hörte auf. Das sei Michaela, sie spreche leider kein Türkisch, sagte Şenay, und Michaela sah, wie ein Mann und eine Frau auf sie zukamen.

»Das sind meine Eltern«, sagte Şenay noch, ehe sie weiterging, und Michaela begrüßte die Eltern. Ob es an der Alten Donau schön gewesen sei, fragten die Eltern, und Michaela bejahte, erzählte kurz, was sie an der Alten Donau gemacht hatten. Ihr Sohn und seine Frau seien leider schon nach Hause gegangen, denn der Kleine sei müde gewesen, habe schlafen wollen. Sie werde sie ganz gewiss bald sehen, sagte Michaela, und Şenay kam, um ihr ihre Cousinen vorzustellen, danach begaben sie sich alle zu einem Tisch, wo es reichlich Essen und Getränke gab. Ob sie sich hier häufig trafen, fragte Michaela dann, Şenays Onkel zugewandt. Ja, und sie solle auch mal vorbeikommen, mit ihrer Familie solle sie vorbeikommen, alle hier würden sich freuen, sagte er, und seine Frau kam, lächelte Michaela an und zeigte ihr, wer zu ihrer Familie gehörte, erzählte, wo sie sich früher getroffen hatten, wie schwer es für sie anfangs in Wien gewesen war.

»Das kennen unsere Kinder nicht, daher sind sie ein bisschen verwöhnt und können sich nicht vorstellen, was wir durchgemacht haben«, sagte sie noch, und eine ihrer Töchter drehte sich zu ihr, um die Bemerkung fallenzulassen, dass junge Menschen heutzutage auch Probleme hätten.

Draußen war es schon dunkel, nur die Straßenlaternen vor dem Haus leuchteten, als wieder eine Melodie ertönte, eine langsame und schöne Melodie, und Michaela blickte zu einem robusten Mann mit schulterlangen grauen Haaren, der am Keyboard saß. Still atmend betrachtete sie die großen Finger seiner starken und groben Hände, die federleicht über die Tastatur liefen, und da nahm sie wahr, dass Şenay zu ihr kam. Der Mann fing an zu singen, auf Türkisch, und seine tiefe und ruhige Stimme schwebte durch den ganzen Raum. Musik sei seine Leidenschaft, sagte Şenay, und Michaela fragte, ob er oft in Wien spiele. Nein, nur wenn er Zeit habe. Was er sonst mache? Er arbeite, sei Totengräber, antwortete Şenay, und Michaela sah wieder die Hände des Mannes an, hörte wieder seiner Stimme zu. Da erlosch das Licht, und Stille folgte, kein Laut mehr war zu hören. Erst das Fluchen einiger Stimmen belebte wieder den Raum, und Michaela sah sich um, blickte nach draußen. Nur mehr die Straßenlaternen, die vor dem Haus standen, brachten etwas Licht, dunkle Schatten lagen im Raum.

»Das passiert leider manchmal«, sagte Şenay. »Es gibt hier in der Siedlung ein paar Leute, die uns den Strom abdrehen.«

»Warum machen sie das? Draußen hört man doch kaum etwas.«

»Es reicht nur, dass wir hier sind«, gab Şenay zur Antwort, und Michaela sah, wie alle in dem Raum Platz nahmen. Als auch Şenay Platz nahm, setzte Michaela sich zu ihr, und dann hörte sie, wie alle ein Lied anstimmten, sanft zusammen sangen.

Unermüdlich spielten die Kinder mit ihrem Ball, und ihre Augen funkelten vor Freude, Stimmen hallten durch die Gasse. Im Supermarkt hingegen war es still, nur wenige Menschen schlenderten an Regalen vorbei, eine junge Kassiererin saß an der Kassa. Langsam füllte Michaela ihren Einkaufskorb mit Lebensmitteln, als plötzlich ein unvorteilhaft gekleideter Mann vor ihr stehen blieb, mit flehender Stimme sie leise ansprach. Ein Baguette in der Hand, bat der Mann sie ums Geld, sagte, er sei hungrig, lebe auf der Straße, seit Langem schon habe er kein Zuhause. Sie lächelte freundlich und gab ihm Kleingeld, hörte, wie er sich bedankte, sah noch, wie er sich entfernte, doch kaum hatte sie sich dem Regal zugewandt, vernahm sie schon, dass er wieder zum Stehen kam, und als sie zu ihm blickte, sah sie, wie er das Baguette ablegte und zwei Dosen Bier aus einem Regal holte, hastig auf die Kassa zuhielt.

Zu Hause angekommen ging sie in die Küche und entleerte ihre Einkaufstasche, machte sich ans Kochen, als ihr Handy läutete. Ob sie zu Hause sei, fragte Jürgen, ob er sie auf einen Kaffee einladen dürfe. Ja, antwortete sie, und eine Weile später öffnete sie schon seine Tür, die angelehnt stand, betrat seine Wohnung. Sie habe nicht geahnt, dass es bei ihm so schön sei, sagte sie im Wohnzimmer, und ihr Blick wanderte über frisch gestrichene Wände, die makellos weiß waren. Seit gestern erst sei es bei ihm so schön, murmelte er und erzählte, was alles er neu machen ließ, erzählte, wie hässlich seine Wohnung bereits gewesen war. Ob er immer so viele Pflanzen gehabt habe? Er habe schon immer Pflanzen gehabt, doch nicht so viele, einige von ihnen habe er erst jetzt gekauft, nachdem die meisten seiner alten Möbel entfernt worden seien, antwortete er, dann führte er sie ins nächste Zimmer. Das sei mal sein Kinderzimmer gewesen, sagte er, und sie sah sich um, trat an ein schmales Bücherregal und nahm ein Buch über Vögel heraus, schlug es auf und blätterte darin, und da fand sie ein Billett, ein Billett mit Geburtstagswünschen, das von seiner Mutter war. Sie schloss das Buch und stellte es zurück ins Regal, trat ans Fenster und blickte in den Hof, sah den Baum an.

»Hier bekommst du alles mit, was im Hof los ist.«

»Alles bekomme ich nicht mit, aber ich kenne alle Vögel, die hier singen«, sagte er und rollte zu ihr, erhob sich und öffnete das Fenster, und Vogelstimmen drangen herein. »Und ich kenne alle Farben, die der Baum wechselt. Am schönsten finde ich ihn im Frühling, wenn er wiedererwacht und voller Leben ist. Als Kind bin ich oft in seine Krone hinaufgeklettert. Manchmal war ich versteckt in seinem Laub und beobachtete durch die offenen Fenster, was sich in den Wohnungen so tat. Auch meine Mutter habe ich heimlich beobachtet. In einem Winter, als sie wieder das Fenster kurz öffnete, warf ich einen Schneeball nach ihr. Als ich es am nächsten Tag wieder tat, kam sie in den Hof gelaufen, machte einen Schneeball und schleuderte ihn nach mir. Und wir veranstalteten hier eine Schneeballschlacht, so wie ich es mit Kindern machte, es war lustig.«

»Das glaube ich«, sagte Michaela, und ihr Handy läutete. Sie sah, dass ihre Mutter anrief, drehte sich um und verließ das Zimmer, setzte das Handy ans Ohr, und ihre Mutter fragte mit zitternder Stimme, ob sie störe. Nein, antwortete Michaela und hielt inne, als sie vernahm, dass ihre Mutter weinte.

3

Als sie auf den Stephansplatz kamen, wurde Daniela still, und Michaela sah, wie sie den Dom anstarrte. Ob sie hineinschauen wolle, fragte Michaela, und kurz danach betraten sie den Dom, gingen zu einer der vorderen Bänke und nahmen Platz, sahen den Altar an. Seltsam schwach war das Licht, kühl die Luft, und schwer lag jeder Schatten. Erwachsene und Kinder, vorwiegend Touristen, belebten den Dom, leise tönten ihre Stimmen, Schritte hallten sanft. Auf den Dom habe die Oma sich jedes Mal gefreut, sagte Daniela halblaut, und Michaela fühlte sich daran erinnert, wie ihre Großmutter das letzte Mal mit ihnen im Dom gewesen war.

»Die Oma hat den Dom geliebt«, sagte Michaela leise.

»Sie wird mir so fehlen.«

»Sie würde sich freuen, wenn sie wüsste, dass wir auf unserer Bank sitzen und an sie denken«, sagte Michaela, und beide schwiegen sie. Zusammen erhoben sie sich, und vor dem großen Kerzenständer blieben sie stehen, zündeten eine Kerze an und stellten sie zu den anderen, dann gingen sie hinaus. Überquerten den Stephansplatz und betraten in einer Gasse ein Lebensmittelgeschäft, kauften Erdbeeren, die sie schon als Kinder geliebt hatten. Am Rande eines kleinen Platzes ließen sie sich auf eine Bank nieder, und im Schein der warmen Sonne aßen sie die Erdbeeren, in die Betrachtung eines alten Paares versunken, das drei Sperlinge fütterte.

»Ich möchte bei Filip einziehen«, brach Daniela das Schweigen, und Michaela fragte, ob sie es schon der Mama und dem Papa mitgeteilt habe. Nein, noch nicht. Ob sie glaube, sie kenne Filip wirklich gut? Es habe bereits Augenblicke gegeben, wo sie das Gefühl gehabt habe, sie kenne ihn seit Langem, gab Daniela zur Antwort und erzählte, dass sie ihn regelmäßig treffe, jedes Mal glücklich sei.

Nora kam ins Geschäft, und kaum hatte sie gegrüßt, merkte Michaela schon, dass sie unruhig war. Ob etwas passiert sei, fragte Michaela behutsam, und Nora wich ihrem Blick aus, vermied es, ihr in die Augen zu schauen. Adrian schwänze die Schule, erwiderte sie und ging ins Büro. Seit wann er die Schule schwänze? Drei Mal schon sei er nicht in der Schule gewesen, und heute habe seine

Lehrerin sie angerufen, habe sie ersucht, in die Schule zu kommen. Ob sie gerade von der Schule komme? Ja, antwortete Nora, und Michaela fragte, wo Adrian sich denn aufgehalten habe, als er nicht in der Schule war. Er habe erzählt, dass er in einem Park gewesen sei, antwortete Nora und fragte, ob sie und Şenay ein paar Dienste für sie übernehmen würden, denn sie brauche freie Tage, müsse sich mehr um Adrian kümmern.

»Selbstverständlich. Aber ich könnte mal auf Adrian aufpassen, wenn du möchtest. Ich könnte mit ihm spazieren gehen oder einen Ausflug machen.«

»Er mag dich sehr.«

»Und wo ist er jetzt?«

»Zu Hause.«

»Warum schwänzt er die Schule?«

»Er hat vor einigen Tagen wieder nach seinem Vater gefragt, und ich habe ihm schließlich die Wahrheit gesagt. Seitdem schwänzt er die Schule.«

»Dass Jörg nicht einmal anruft«, murmelte Michaela wie zu sich selbst.

»Wir können ihn leider nicht anrufen, denn er hat eine neue Handynummer«, sagte Nora und blickte auf ihre Uhr, danach eilte sie nach Hause.

Ob das schon der Böhmische Prater sei, fragte Haias, als das erste Karussell zum Vorschein kam, und Michaela bejahte. Da sah sie, wie sehr Haias und Adrian sich freuten, hörte, wie aufgeregt sie beide waren. Auch Jürgen freute sich, auch er war aufgeregt, und als die Buben losrannten, folgte er ihnen. Erst an der Kassa hielt er, und Michaela sah zu, wie er aus seiner Geldbörse das Geld holte und bezahlte, wie er lachte, die Buben zum Karussell schickte. Sie kam zu ihm, und als das Karussell sich in Bewegung setzte, hörte sie, wie die Buben jauchzten, sah, wie sie die Hände hoben, beide zum Himmel blickten. Nachdem die Buben das Karussell verlassen hatten, wollten sie auf die große Rutsche, danach zum Autodrom, und als sie später alle zu der Wiese hinter dem Prater gelangten, öffnete Michaela ihren Rucksack und nahm ihre Decke heraus, suchte mit dem Blick nach einem schattigen Platz. Unter einem großen Baum fand sie schließlich genug Schatten, und als sie alle vier auf der Decke lagen, sagte Haias, er werde das nächste Mal mit seiner Mama in den Böhmischen Prater kommen, durch den ganzen Prater werde er sie führen, alles werde er ihr zeigen. Seiner Mama würde es hier genauso gefallen, wie es ihr in dem großen Wiener Prater gefallen habe, fuhr er fort, und sein Blick verharrte in der Baumkrone, seltsam verträumt glänzten seine Augen. Als sie das letzte Mal im Wiener Prater gewesen seien, sei die Mama mit ihm in einen Autoskooter gestiegen, und das sei das erste Mal gewesen, als sie zusammen mit einem Autoskooter gefahren seien. Sie habe sich darüber gefreut, wie schnell er es gelernt habe, den Autoskooter zu fahren, habe ihn gelobt und zu ihm gesagt, er sei genau wie sein Papa. Adrian könne den Autoskooter auch ganz wunderbar fahren, nahm Michaela das Wort, auch er müsse seine Mama in den Böhmischen Prater mitnehmen, auch er müsse seiner Mama hier alles zeigen. Ja, das werde er, das werde er ganz sicher machen, versprach Adrian, und da wandte er sich Jürgen zu, fragte, ob er manchmal in den Prater hier komme. Früher sei er mit seiner Mutter hergekommen, und als er groß geworden sei, sei er allein oder mit seinen Freunden hier gewesen, doch sei es schon lange her. Sie sei als Kind hier gewesen, sagte Michaela, jedes Mal, wenn ihre Oma sie besucht habe, habe die ganze Familie einen Ausflug in den Böhmischen Prater machen müssen. Ob sie auch hier auf der Wiese gewesen seien, fragte Haias, und sie bejahte, sagte, sie seien genauso auf einer Decke gelegen, hätten geplaudert oder gegessen, hätten auch viel Spaß gehabt. Ob sie vielleicht schon hungrig seien, fragte sie, und da Jürgen und die Buben gleichzeitig mit Ja antworteten, holte sie aus ihrem Rucksack das Essen, holte auch Getränke. Nach dem Essen blies Jürgen seinen alten Ball auf, und die Buben fingen an, Fußball zu spielen, bis in die Mitte der Wiese liefen sie dem Ball hinterher, und Michaela lachte, erzählte, wie sie hier einmal mit Daniela und mit der Großmutter gespielt hatte, genauso ihrem Ball hinterhergelaufen war. Da bemerkte sie, dass ein erwachsenes Paar, ein Mann und eine Frau, ein Paar arabischer Erscheinung, das durch die Wiese ging, die Buben anstarrte, bei ihnen schließlich stehen blieb. Freundlich unterhielt das Paar sich mit Haias, und als es weiterging, sah Michaela, wie die Buben zurück zu ihr und Jürgen liefen.

»Es waren Iraker, sie haben mich gefragt, ob ich in Wien lebe«, sagte Haias.

»Was für ein Zufall«, sagte Michaela. »Und was haben sie noch gefragt?«

»Sie haben gefragt, wie lange ich schon mit meiner Mama in Wien lebe und wie es uns geht. Dann haben sie gesagt, dass sie oft da sind, und wenn ich mal mit meiner Mama auch da bin, werden wir uns vielleicht wiedersehen.«

»Deine Mama würde sich bestimmt freuen.«

»Ja, sie ist immer nur allein, und manchmal ist sie traurig.«

»Wollt ihr nicht mehr spielen?«, fragte Michaela und sah Adrian an.

»Es ist langweilig, nur zu zweit Fußball zu spielen«, antwortete Adrian, und sie sagte, sie sei leider eine schlechte Fußballspielerin.

»Wir könnten uns den Ball einfach nur zuwerfen«, schlug Jürgen vor, und die Buben bejahten. Als sie dann später mit dem Spielen aufhörten, fragte Jürgen, ob sie Lust hätten, in den Wald zu schauen, und die Buben lachten, liefen über die Wiese, liefen zu den nächsten Bäumen.

Eine junge Frau kam herein, grüßte freundlich und schloss die Tür, dann sah sie sich um, und neugierig ging sie durch das ganze Geschäft. Ob sie ihr helfen könne, fragte Michaela, doch die Frau verneinte, und leicht verlegen wandte sie sich einem Regal zu. Dann sah sie Michaela an und fragte, ob sie zufällig eine Mitarbeiterin suchten, und Michaela hörte, dass sie mit einem Akzent sprach. Es tue ihr leid, aber derzeit nicht, antwortete Michaela und fragte, wo sie herkomme.

»Aus der Slowakei, aus Bratislava.«

»Da haben Sie es nicht weit«, sagte Michaela auf Tschechisch, und die Frau lächelte überrascht.

»Nein, aber sobald ich eine Arbeit in Wien gefunden habe, werde ich eine Wohnung hier suchen«, sagte sie auf Slowakisch und fragte Michaela, wie lange sie schon in Wien lebe. Und als Michaela antwortete, sagte die Frau, sie träume schon lange davon, hier leben zu können.

»Davon haben meine Eltern auch mal geträumt, und sie haben hier tatsächlich eine neue Heimat gefunden«, sagte Michaela.

»Man entdeckt immer etwas Neues in Wien, es gibt so viele Kulturen und Sprachen hier.«

»Sie sind sicher schon oft in Wien gewesen.«

»Ja, und ich freue mich jedes Mal, wenn ich wieder da bin.«

»Was sagen Ihre Eltern dazu, dass Sie die Absicht haben, nach Wien zu gehen?«

»Sie haben gemeint, sie würden es auch tun, wenn sie noch einmal jung wären«, antwortete die Frau, und Şenay kam herein, ihre Schwägerin mit Kinderwagen folgte ihr. Sie werde ihr Bescheid geben, sobald sie von einem guten Job wisse, versprach Michaela, und die Frau erstrahlte, gab ihr ihre Handynummer und verabschiedete sich, und Michaela trat zu dem Kinderwagen, sah den Kleinen an. Sie durfte den Kleinen auf den Arm nehmen, und während Şenay und ihre Schwägerin nach einem Geschenk suchten, sprach sie zu ihm. Danach unterhielt sie sich mit Şenay, unterhielt sich auch mit Şenays Schwägerin, doch als sie mit ihnen hinauskam, läutete ihr Handy, und sie sah, dass ihre Mutter anrief.

Sie wischte sich die Tränen aus den Augen, ließ das Taschentuch auf den Tisch fallen und legte sich aufs Sofa, als die Wohnungsglocke ging. Rasch stand sie auf, lief ins Badezimmer und wusch sich das Gesicht, dann lief sie zur Wohnungstür, und langsam öffnete sie die Tür. Jürgen und die Buben begrüßten sie, und sie überwand sich zu einem Lächeln.

»Wir haben uns gedacht, dass du vielleicht etwas Gesellschaft vertragen könntest«, sagte Jürgen.

»Wieso wisst ihr, dass ich zu Hause bin?«, fragte sie.

»Weil du heute frei hast«, antwortete Adrian.

»Aber eure Mütter wissen schon, dass ihr da seid«, vergewisserte sie sich, wobei sie Adrian und Haias anblickte.

»Ja«, antworteten die Buben wie aus einem Mund, und sie sah Jürgen an.

»Wir möchten in den Lainzer Tiergarten«, sagte Jürgen. »Kommst du mit?«

»Gern, aber ich muss mich noch umziehen«, gab Michaela zur Antwort, und die Buben jauchzten, sagten dann, sie würden auf sie bei Jürgen warten.

Die Sonne war hinter einer Wolke verborgen, und die Luft stand reglos, als sie zum Lainzer Tiergarten gelangten. Ein schlanker Weg, lang und von Bäumen umsäumt, öffnete sich ihren Augen, und die Buben rannten los. Ob es seine Idee gewesen sei, in den Lainzer Tiergarten zu schauen, fragte Michaela dann Jürgen, als sie allein waren. Er könne sich nicht mehr daran erinnern, wer auf die Idee gekommen sei, erwiderte er, und sie blickte zu den Buben, sah, wie sie vor dem großen Gehege stehen blieben. Die Augen geweitet, starrten die Buben die Damhirsche an, und ihre Stimmen klangen voller Freude. Sie würden ihnen gern etwas zu fressen geben, riefen sie, doch Michaela sagte, es sei verboten, erklärte sogleich, warum man hier keine Tiere füttern durfte, und danach betrachteten sie Wildenten, die am Ufer des Teiches hockten. Die sei ja anders als die anderen, sagte Adrian und wies auf eine Ente, die ganz weiß war. Das sei gut so, denn sie bereichere die Gruppe, sagte Michaela, und Haias äußerte den Wunsch, im Teich zu baden. Das nächste Mal würden sie alle an die Alte Donau fahren, würden gemeinsam baden und sich sogar ein Boot leihen, versprach Michaela den Buben und deutete zu dem Spielplatz, der auf der Wiese neben dem Teich lag, fragte, ob sie nicht Lust hätten, eine Weile zu spielen, und nachdem die Buben sich entfernt hatten, trat sie zu einer Bank, nahm Platz. Jürgen folgte ihr, und sie sah, wie er sie von der Seite anblickte.

»Darf ich fragen, was los ist?«, unterbrach er das Schweigen. »Ich wollte schon fragen, als ich dich an deiner Tür sah, aber da waren die Buben.«
»Meine Eltern möchten zurück nach Tschechien. Sie möchten in Omas Haus ziehen. Sie haben mich und Daniela gefragt, ob wir mitkommen.«
»Und wie habt ihr euch entschieden?«
»Daniela hat ihnen bereits mitgeteilt, dass sie bei Filip einziehen möchte.«
»Und was haben die Eltern dazu gesagt?«
»Sie haben ihr angeboten, die Wohnung zu behalten. Und so wird Filip bei ihr einziehen, denn seine Wohnung ist ziemlich klein.«
»Wann möchten eure Eltern nach Tschechien?«
»So bald wie möglich. Und ich kann es mir noch überlegen, ob ich mitkomme oder nicht.«
»Dass sie gerade jetzt beschlossen haben, zurück nach Tschechien zu gehen«, sagte er, und sie erzählte, wie ihre Eltern ihnen gestanden hatten, dass sie in der letzten Zeit oft mit den Gedanken in Tschechien waren, dass sie sich immer mehr gewünscht hatten, in ihre alte Heimat zurückzukehren.
»Und wir haben es gar nicht bemerkt«, sagte sie und sah, wie die Buben auf sie zuliefen.
»Wir möchten bei euch sein!«, riefen die Buben, und Michaela sprach den Wunsch aus, in den Garten bei der Hermesvilla zu schauen. Danach versanken sie in die Stille des Schattens, den das Astwerk großer Bäume hier unentwegt warf, und als der Himmel sich über ihren Köpfen wieder öffnete, erhob sich die Villa aus dem satten Grün des Parks. Von allen Seiten betrachteten sie die Villa, die so prächtige und große Villa, und in dem Garten davor,

der friedlich und intim anmutete, ließen Michaela und die Buben sich auf eine Bank nieder. Eine Gärtnerin, eine junge Frau mit langen braunen Haaren, arbeitete an einem Blumenbeet, ansonsten lag der Garten verlassen, vollständig in die Stimmen der Vögel getaucht.

»Das ist doch der Vogel, den wir bei dir in deinem Buch gesehen haben«, sagte Haias zu Jürgen und wies zu einem Baum. Wie schön die Elster sei, sagte Jürgen, dann erzählte er über den Lainzer Tiergarten, erzählte auch darüber, welche Tiere es in dem Tiergarten gab. Woher er das alles wisse, fragten die Buben, und er antwortete, er habe unlängst einen Film über den Lainzer Tiergarten gesehen. Ob sie vielleicht hungrig seien, fragte Michaela, und als die Buben und Jürgen bejahten, öffnete sie ihren Rucksack und nahm die Jause heraus, die sie zu Hause eingepackt hatte. Nach dem Essen liefen die Buben in das Café-Restaurant, das die Villa beherbergte, um Eis zu kaufen, und auf dem Rückweg blieben sie vor dem Blumenbeet stehen, sprachen die Gärtnerin an.

»Die Mama hat mir und Daniela erzählt, dass wir als kleine Mädchen hier einmal Prinzessinnen gespielt haben. Angeblich waren wir dabei so lustig, dass die Menschen hier lachten. Und als wir nach Hause kamen, musste sie uns aus einem Märchenbuch vorlesen.«

»Das kann ich mir vorstellen«, sagte Jürgen, und Michaela sah, wie die Buben auf einen Baum kletterten. Ein Tropfen fiel auf ihre Hand, und sie blickte zum Himmel, erhob sich und rief zu den Buben, es werde regnen. In größter Eile verließen sie dann den Tiergarten, und es donnerte, der Regen setzte ein. Ob er sie zu ihm einladen dürfe, rief Jürgen, doch bis sie zu seinem Haus gelangten, wurden sie alle nass. Er führte sie ins Haus, und im Wohnzimmer schaltete er den Fernseher ein, ließ sie Platz nehmen. Bald hörte es auf zu regnen, und die Buben standen wieder auf, liefen aus dem Haus, liefen in den Garten. Michaela trat an die Tür und sah zu, wie sie im Garten spielten, doch als sie sich zum Wohnzimmer drehte, stellte sie fest, dass Jürgen fort war, blickte dann zur Treppe und sah seinen Rollstuhl. Sie ging hinauf, und still spähte sie ins Schlafzimmer, sah, wie Jürgen am Fenster stand, hinaus in den Garten starrte. Sie kam zu ihm, verharrte an seiner Seite, und er fragte, ob sie ihm helfen würde, das Gras zu mähen. Aber natürlich, antwortete sie, und er fragte, ob sie ihm auch helfen würde, neue Blumen in dem Garten zu pflanzen.

»Ja«, antwortete sie nur.

»Ich will nicht, dass du nach Tschechien gehst.«

»Ich weiß«, sagte sie leise, und da spürte sie, wie seine Finger ihre Hand berührten. Sie senkte den Kopf, und sanft nahm sie seine Hand. Sie müsse auf die Buben aufpassen, flüsterte sie und ließ seine Hand los, ging mit raschen Schritten aus dem Zimmer. Vor der Treppe aber blieb sie stehen, und langsam drehte sie sich um, kehrte in das Zimmer zurück.

Nachwort

Akzente im Spiel der Farben

Wenn es denn eine Sprache gibt, so muss es viele Sprachen geben. Und wenn es viele Sprachen gibt, so gibt es immer Vermischungen, Verschiebungen, Diversitäten und Disseminationen. Diese Vielfalt der Sprachen besagt jedoch nicht, dass es viele vereinzelte und originäre Sprachen gibt, die voneinander zu separieren sind, sondern sie bedeutet vielmehr eine Vervielfältigung und Heterogenität jeder Sprache. Jede Sprache ist vielfältig und ist die Mischung anderer Sprachen, die wiederum die Mischung weiterer Sprachen sind.

Dem Schriftsteller Stanislav Struhar geht es in seinen Erzählungen und Romanen wiederholt um diese Diversität der Sprachen. Betroffen von den Prozessen der Vermischung und der Verschiebung – von den vielen Akzenten, die eine Sprache haben kann –, sind natürlich die Träger der Sprachen, die Stanislav Struhar in seinen Geschichten reisen, arbeiten und begegnen lässt wie sie sich ebenso lieben und hassen.

Stanislav Struhar ist, mit all seinen Erzählungen und Romanen, ein Schriftsteller der kleinen Gesten und stillen Töne. Man könnte meinen, es geht ihm um die Akzente, die jeder Mensch im Sprechen der Sprache hinterlässt. Es sind diese kleinen Gesten und stillen Töne, die die Menschen in ihrer mobilen Welt der Unrast bewegen. Auch wenn die Menschen unablässig von einem Ort zum anderen treiben, so sind es diese kaum wahrnehmbaren Momente, die über unsere Befindlichkeiten und Beziehungen entscheiden: ob als Touristen oder Verliebte, als Migranten oder Flüchtlinge, als Abenteurer oder Getriebene, als Neugierige oder Nervöse. Im Stillstand der geringen Bewegung fängt der Schriftsteller seine Protagonisten ein und lässt sie in deren Unrast träumen, leiden und lieben.

Welche Sprache sprechen wir, wenn wir uns in der Welt bewegen, in der es immer andere gibt? In einer Welt, in der wir nicht mit unseresgleichen leben, sondern mit anderen zusammen sind. Ist es unsere Sprache, die wir sprechen? Oder ist es deren Sprache? Welche Sprache und wessen Sprache sprechen wir, um anzukommen, um irgendwo zu sein? Welche Sprache sprechen wir, um bei anderen ein Gehör zu finden, um unter Freunden oder Fremden dazuzugehören, um einen Ort zu finden, an dem wir leben und wohnen wollen? Und wie werden wir gerufen, wenn man uns vernimmt? Welche und wessen Sprache sprechen wir, wenn wir lieben und wenn wir hassen? Welche Sprache ist es, die wir sprechen, wenn jede Sprache mehr als eine Sprache ist? Wie sprechen wir also, wenn wir mit Vielen in vielen Sprachen sprechen?

Nicht immer werden Menschen freundlich und aus bloßer Neugier nach ihrer Herkunft gefragt, danach gefragt, welche Sprache sie sprechen und ob sie von da oder dort herkommen. Bei Stanislav Struhar ist diese Politik der Identitätszuschreibung virulent. Obwohl Sprache in ihrem Wesen immer mehr als eine Sprache ist, kann Sprache zugleich zu einem Schibboleth werden, mit dem Menschen als Fremde stigmatisiert werden. Diese Stigmatisierung geht stets mit einer schonungslosen sozialen Deklassierung einher, die nicht nur die Menschen in den Romanen und Erzählungen erfahren.

Das Buch »Farben der Zukunft« von Stanislav Struhar enthält drei Erzählungen. Die erste Erzählung »Die Reinheit der Farben« beginnt in einem Kaffeehaus in Wien.

Arnos Kollegin Ayana wird gekündigt. So wie die Sprache ein Schibboleth sein kann, so wird für Ayana ihr Aussehen und ihre Hautfarbe zum Stigma. Im Kreis ihrer Kollegen taucht die Frage auf, »wo genau sie herkomme«: »Sie sei Äthiopierin, lebe aber schon lange in Wien« und ist hier geboren. Wie zum Trotz lernen sich Arno und Ayana nach ihrer Kündigung näher kennen und lieben. Die Spaziergänge in den Parks, auf deren Wiesen sich die Farben im Licht wiegen, werden zum Antidot derer, die zu wissen meinen, wie sich Disparates scheiden lässt. Gemeinsam wiedereröffnen Arno und Ayana eine alte Buchhandlung. Wie ein Fluch wiederholt sich die Wirkung des Stigmas. Die verletzende Wirkung von sprachlichen wie phänomenalen Stigmata entfaltet sich stets in der Wiederkehr und in der kollektiven Teilung. Trotzdem entwirft Stanislav Struhar mit der Eröffnung der Buchhandlung eine Gegenwelt.

In der zweiten Erzählung »All die schönen Farben« besucht Martin von Prag herkommend nicht nur seine Großmutter in Wien, sondern trifft auch Irena, Hynek und Jolana. Obwohl sie schon lange in Wien leben beziehungsweise dort geboren und aufgewachsen sind, bleiben sie Fremde in der Fremde. Seit Kindheit an leben sie fast ausschließlich mit Tschechen zusammen und fahren bei jeder Gelegenheit nach Tschechien. Bekanntschaften zu Wienern ergaben sich kaum. Dennoch scheint ihnen eine Rückkehr verschlossen zu sein, auch wenn sie wie eine Sehnsucht vor ihnen liegt, die die provozierende Frage offenlässt, warum sie – eigentlich waren es ihre Eltern – überhaupt fortgingen. Auch bei Martins totem Großvater hörte man immer, sobald er Deutsch sprach, den Akzent heraus. »Aber in seinen Bildern blieb das Herz eines Wieners, der seine Heimat liebte. Er war der glücklichste

Mensch, wenn er malte oder zeichnete, wenn er all die schönen Farben hier sah [...].« Letztlich trifft Martin Dorothea aus der Nachbarschaft seiner Kindheit wieder. Zusammen beschließen sie eine gemeinsame Zukunft in Wien.

In der dritten Erzählung »Die Stille des alten Schattens« bezieht Michaela ihre neue Wohnung. Gleich mit der ersten Begegnung in der Nachbarschaft wird sie gefragt, welche Sprache sie spricht und wo sie herkommt. Sie entgegnet ihrer Nachbarin, dass sie am Telefon Tschechisch sprach, aber in Wien geboren sei. Später erfahren wir noch, dass ihre Eltern einst als tschechische Flüchtlinge nach Österreich kamen. Im Stiegenhaus lernt Michaela schließlich ihren Nachbarn Jürgen kennen, der seit seinem Motorradunfall im Rollstuhl sitzt. Durch Zufall sieht sie, wie er alte Sachen aus seiner Zeit als Neonazi in den Müllcontainer gibt.

In einem Interview betonte Stanislav Struhar, dass die politischen Themen wie das Leben in der Fremde, der Sprachwechsel, Rassismus und Vorurteile in seinen Texten immer präsent sind und bleiben werden, jedoch beschäftigt er sich – seit seinen lyrischen Arbeiten – mit dem Vermögen oder Unvermögen der Sprache, Geste zwischenmenschlicher und zeitlicher Beziehungen zu sein. Dabei geht es ihm – weder belehrend noch auktorial – um Begegnungen, um das Sich-Kennenlernen, um Momente des Verliebens, aber auch um die »Farben« der Vergangenheit, der Zukunft und der Gegenwart. Es sind die Akzente im Spiel der Farben, die den Menschen in Stanislav Struhars Geschichten auffallen, die sie bemerken, schätzen lernen oder aber auch ablehnen.

1988 floh Stanislav Struhar mit seiner Frau aus der Tschechoslowakei nach Österreich, um sich der dortigen

Repression zu entziehen. In Österreich angekommen, erhielten sie politisches Asyl. Ihr Sohn, der damals drei Jahre alt war, blieb jedoch bei den Großeltern mütterlicherseits zurück, da die tschechoslowakischen Behörden seine Ausreise nach Österreich verhinderten. Trotz der Interventionen des UNO-Hochkommissariats für Flüchtlinge, des österreichischen Außenministeriums und der Internationalen Gesellschaft für Menschenrechte fand die Familie erst nach dem Fall des Eisernen Vorhangs – nach zwanzig Monaten – wieder zusammen. Im Zuge der Beantragung der österreichischen Staatsbürgerschaft verzichteten sie auf die Akzente ihrer Sprache, auf die Háčeks und auf die weibliche Nachnamen-Endung -ová. Heute leben sie zusammen in Wien.

Für seine tschechischsprachige Literatur, die sich auf seine neue Wahlheimat Wien bezog, fand sich in Österreich kein Platz, und als Schriftsteller nichtdeutscher Muttersprache machte Stanislav Struhar bittere Erfahrungen. So entschloss er sich, seine Texte fortan in deutscher Sprache zu schreiben. Auf die Frage, ob sie in Österreich fremdenfeindliche Erfahrungen machen mussten, gab er zur Antwort, dass es eher seine Frau war, die diese machte.

Mittlerweile kann Stanislav Struhar auf einige Publikationen zurückblicken. Der hiermit erschienene Erzählband »Farben der Zukunft« ist der zweite Band einer vom Autor konzipierten Trilogie. Der erste Band dieser Trilogie, »Farben der Vergangenheit«, der ebenfalls drei Erzählungen enthält, ist im Jahr 2016 erschienen und führt durch die Landschaften Nordwestitaliens und Südfrankreichs bis nach Österreich. Dort heißt es gegen Ende des Buches: »Sie sei in Wien geboren, doch sie fühle sich hier trotzdem fremd, sagte sie […].«

Es scheint, als ob sich das Buch »Farben der Vergangenheit« der Frage annimmt, woher das Gefühl kommt, am falschen Ort beziehungsweise an einem Ort zu sein, der einem fremd vorkommt. Was wiederum die folgende Frage aufwirft, wie kann behauptet werden, dass jemand am richtigen Ort ist. Der zweite Band »Farben der Zukunft« scheint nahezulegen, dass das Spiel der Farben mit all seinen Akzenten auch in der Fremde möglich ist.

Welche Sprache sprechen wir also? Sobald wir sprechen, sprechen wir zugleich die Sprache der anderen. Denn da, wo wir sind, sind immer schon andere. Und dort, wo es vieles gibt, gibt es immer weiteres: gibt es weitere Sprachen, Akzente, Mischungen und Intensitäten. Auch wenn es für Stanislav Struhar eine Notwendigkeit war, als Schriftsteller im Exil die Sprache vom Tschechischen ins Deutsche zu wechseln, so betonte er in dem Zusammenhang das Bedürfnis, jeden Text, jeden Satz und jedes Wort präziser und poetischer zu schreiben. Diese Präzision des Schreibens meint hier nicht eine rigide und definitorische Form des Erzählens und Beschreibens. Vielmehr knüpft er in seinen Prosaarbeiten an die Erfahrungen an, die er mit seinen Arbeiten an Gedichten machte. Poetische Präzision ist für Stanislav Struhar eine Verdichtung und Intensivierung der Sprache. So lässt es sich sagen, dass es ihm um Akzente, Gesten und Stimmungen in einem Spiel der Farben, Menschen und Landschaften geht. Dabei bildet Wien in dem Buch »Farben der Zukunft« auch nicht die Kulisse einer epischen Erzählung, sondern ist mit seinen Parks, begrünten Uferanlagen, Gärten und Friedhöfen die Landschaft abgeschiedener und fast stillgestellter Orte einer Sprache der Akzente und Gesten.

Ralf Rother

RALF ROTHER (Dr. phil.), geb. 1960 in Berlin, ist Philosoph und Soziologe und lebt als freier Schriftsteller in Wien. Er forscht und publiziert v. a. zur Dekonstruktion der Politischen Philosophie. Zuletzt erschienen: Wie die Entscheidung lesen? Zu Platon, Heidegger und Carl Schmitt (1993), Beschneidungen – Exilierungen. Das Politische und die Juden (1995), Bei Nacht: Europa. Zur Philosophie einer Topologie (1999), Gewalt und Strafe. Dekonstruktionen zum Recht auf Gewalt (2007), Das Politische der Dekonstruktion. Heideggers Entpolitisierung der Politeia bei Levinas, Blanchot, Nancy und Derrida (2020).

www.wieser-verlag.com